우리는 서로의
나이테를 그려주고 있다

나혜경 산문

우리는 서로의
나이테를 그려주고 있다

색연필로
그 리 는
마   당

책만드는집

오늘 반가운 엽서 한 장을 받았다. 작년 부산 감천마을에 갔을 때 1년 후 나에게 보냈던 엽서가 당도한 것이다. 시간이 이렇게 빨리 갔어? 그때 한 가지 고민이 깊었던가 보다. 시간은 모든 걸 해결해 준다더니, 지금은 그곳에서 멀리 떠나와 있다. 아무 일 없었다는 듯이.

1년 전 무거웠던 어깨가 너무도 가벼워서 놀랐다. 이렇게 되기까지는 능동적이면서도 단호한 나의 결정이 조금은 필요했다. 그다음부터는 물 흐르듯 자연스럽게 원하는 곳에 이르렀다.

다 지나가는구나. 그러니 너무 애쓸 것 없다는 생각이 들었다. 마당의 일도, 사람의 일도 다 지나가며 가벼워지기도 하고 깊어지기도 하는구나.

이것저것 배우고 써먹는 시간을 보내고 있다. 또 몇 년 전부터 집에서 피는 꽃과 마당이 좋아서 나도 모르게 그리기 시작했다. 아마추어라 겁도 없이 그리고 또 그렸다.

매일 달라지는 마당에서 새로움과 경이로움을 선물 받고 또 기다림을 배운다. 새싹과 꽃봉오리와 단풍과 낙엽은 끊임없이 내게 말을 걸어오며 등을 토닥이고 머리를 쓰다듬고 끌어안아 준다. 어깨를 펼 수 있는 힘과 겸손과 감사의 에너지를 채워준다. 마당은 몸을 움직이게 하며 마음을 움직이게 한다. 마당을 걸으며 덜컥덜컥 걸리는 감정도 삭인다. 누군가를 위해 기도하기에도 좋은 곳이다.

2023년 겨울, 우목실 작은 마당에서
나혜경

02
놀이하는
인간

03
꽃잎 한 장의
귓속말

04

붙잡고 일어서기에도
좋은 곳

01

어린 눈으로
처음 보았던

용동리

                    다섯 살이나 되었을까 여섯 살이나 되었을까. 그때까지 앞마당과 뒷마당, 그리고 집 한쪽으로는 텃밭이 있고 반대쪽에는 대밭이 있는 곳에서 나고 자랐다. 뒤 곁에는 큰 감나무가 두세 그루, 보리밥나무, 앵두나무, 무화과나무가 있었고 대문 기둥에 기대어 능소화가 치솟아 꽃을 피우고 있었다.

    붉게 물든 감잎을 따다 소꿉놀이할 때 돈으로 삼았던 기억, 아버지가 앵두나 보리밥을 따줄 때 벌에 쏘이지 않으려고 둥글면서 단단한 흰 모자를 썼던 기억이 어렴풋이 떠오른다.

    모내기하는 날 마루 가득 사람들이 둥근 밥상 몇 개를 펴놓고 밥을 먹던 그림도 그려진다. 성인이 된 후에 들었는데 그땐 경상도 사람들이 일거리를 찾아 전라도에 와서 한 달씩 머물면서 모를 심거나 벼를 베고 갔다고 한다. 아마도 그때 마루에 가득했던 사람들이 경상도 사람들은 아니었을까.

그 후 작은아버지 가족이 그 집에 살게 되었다. 우리는 김제역 근처의 작은 상가가 있는 집으로 이사했는데, 거기엔 우물이 있었고 뒤쪽으로 방이 서너 개 딸려 있었다. 아버지와 어머니는 계속 상점을 열었고 우리 가족은 방 하나를 쓰고 나머지는 세를 주었다. 그러니까 작고 길쭉한 집에 고만고만한 자녀가 있는 서너 가족이 항상 함께 살았다. 마당이 없는 긴 복도형 집은 어릴 땐 그렇게 비좁다는 생각을 못 했지만 결혼해서 나올 때쯤엔 우리만 살았는데도 작게만 느껴졌다.

결혼하고는 거의 아파트에서 살다가 어느 날 땅을 사서 집을 짓고 마당을 갖게 되었다. 내 무의식 속에는 유년에 누렸던 마당이 말없이 살아 있었던 모양이다. 마당이 생기자마자 그때 보았던 능소화나무도 대문 옆에 심고 뒤꼍에는 무화과나무와 감나무도 심었다. 시간도 공간도 전혀 다른 집이지만 용동리의 기억을 이곳 우목실에 옮겨 심은 것이다. 지나온 시간 속으로 다시 걸어서 돌아가는 일은 불가하지만, 그때의 일들을 불러내 그때의 모양으로 기분을 내는 건 가능하다.

요즘엔 같은 나무라고 해도 품종개량으로 열매도 더 크게 열리고 잎이나 꽃 색도 화려하고 다양하다. 그러나 열매가 작아도 꽃이 촌스러워도 토종에 마음이 간다. 어린 눈으로 처음 보았던 나무와 꽃들은 어떤 것으로도 대체할 수 없다. 첫사랑처럼 모든 '첫'은 깊이 각인되는 성질을 지녔나 보다.

다락방의 추억

대여섯 살 이후쯤부터 살았던 집은 좁았지만 다락이 있었다. 다락에는 삼촌이 쓰던 철제 스프링 침대와 작은 칠판이 있었고 동네 남학생들이 삼촌에게 영어를 배우러 다락을 들락거리던 기억이 있다. 까까머리에 까만 교복을 입은 학생들이 우르르 몰려왔다 몰려가던 기억이 흐리면서도 또렷하게 남아 있다.

삼촌이 성인이 되어 거처를 옮긴 후로는 나와 동생들이 다락을 차지하고 부지런히 오르내리며 놀았다. 그러나 무슨 이유 때문인지 우리가 다 크기도 전에 다락은 계단을 접어 올리고 도배를 해버려서 추억과 함께 봉해졌다. 그곳은 더 이상 올라갈 수 없는 곳이 되었다. 천장을 바라보면 그곳엔 삼촌과 교복 입은 오빠들이 지금도 공부하고 있고 또 돌이 된 남동생이 내

손을 잡고 올라가고 있고 친구들과 하는 공기놀이가 아직 끝나지 않았다. 사실 다락방은 작은 공간이었지만 많은 사람들이 드나들던, 그래서 결코 작지 않은 우주였다.

바슐라르가 『공간의 시학』에서 어린 시절 다락방에 대한 추억은 "작으면서도 크고, 더우면서도 시원하고, 언제나 기운을 되찾게 하는 것"이라고 말했듯 내게도 그런 곳으로 각인되어 있으며 지금까지도 살아 움직이고 있다.

집을 설계할 때 보니 우리 땅은 건폐율이 20%여서 아래층은 30평밖에 지을 수 없었다. 안방과 서재, 작은 방 하나와 주방, 거실까지 어느 것 하나 뺄 수 없는 구조가 너무 답답한 것 같았다. 그래서 어릴 적 다락 같은 2층을 만들고 싶었다. 2층은 1층의 생활공간과는 다른 공간, 그러니까 벽을 두지 않고 다 터서 널찍하게 숨통이 좀 트이는 곳이었으면 했다.

아래층에 있는 온갖 살림살이와 집안일을 외면하고 싶을 때, 노트북 하나 들고 2층으로 간다. 나의 다락 2층에서는 영화 한 편을 보거나 배를 깔고 엎드려 만화책을 보거나 창밖 초록으로 시선을 보내며 멍~하니 있어도 좋다.

2층은 멀리서 온 손님들이 하룻밤 묵을 때, 또 아들이 오랜만에 와서 지낼 때 주로 써왔다. 코로나19 때는 가족이 격리할 때 쓰기도 했다.

　우리 집 2층은 다락은 아니지만, 머물다 간 사람들에게는 다락방 같은 곳으로 기억되었으면 좋겠다. 잠시 일상을 접어놓고 다락방 아닌 다락방에서 마음속 깊은 곳에 있는 동심을 끄집어낼 수 있기를 바란다. 풀 냄새 나는 짚으로 된 침대가 있던 알프스 소녀 하이디의 다락을 떠올리거나, 지나간 추억을 꺼내어 기운을 되찾게 하는 장소였으면 한다.

ALC가 뭔가요?

　　　　　　　　　　3년 정도 틈틈이 집터를 보러 다니
다가 드디어 땅을 샀다. 그러고는 행복한 고민에 빠졌다. 어떤
걸로 집을 지을지 먼저 소재를 선택해야 했다. 인터넷으로도
열심히 찾아보고 예쁜 집을 직접 찾아가 구경도 해보았다. 그
러다가 우연히 ALC라는 걸 알게 되었고, 카페를 검색하다가 옆
동네에 사는 분과 연락이 닿았다. 그분은 근처 학교에 근무하
고 있었고 곧 반갑게 만나게 되었다.

　만나보니 그분은 어떤 소재로 집을 지을지 고심하며 몇 년간
전국을 돌아다녔고, 하룻밤씩 자본 집도 있다고 했다. 그러다
가 최종적으로 선택한 것이 ALC였다. ALC로 집을 지으면 황토
로 지은 것처럼 집이 숨을 쉬고 단열 효과 또한 좋다고 했다. 한
마디로 ALC에 푹 빠져 있었다. 한 시간 넘게 그분이 가지고 있

20

던 자료를 보고 설명을 들으며 나도 결정을 해버렸다.

그렇게 확신을 가진 네 가족이 모였고 각각 다른 장소에서 ALC로 집을 짓기로 의기투합했다. ALC, 즉 경량 기포 콘크리트Autoclaved Lightweight Concrete는 시멘트, 석회질 및 규산질 원료에 물과 발포제를 첨가하여 고온, 고압으로 증기 양생하여 만든 블록이다. 스웨덴에서 처음 개발하여 유럽에서 많이 사용되고 있고 우리나라는 남해 독일마을에서 많이 볼 수 있다.

우리가 집을 지을 때만 해도 ALC가 생소해서 왜 그런 어려운 소재로 집을 짓는지 의아해했다. 시멘트 집도 요즘엔 단열이 잘되니 생각을 바꿔보라는 설계사의 말도 있었다. 그만큼 주변에 사례가 없어 반신반의할 때도 있었지만 함께하는 분들의 믿음에 의지하여 밀고 나갔다.

3년쯤 지나니 블록도 잘 말라 단열이 더 잘된다는 느낌을 받았다. 여름엔 폭염 기간 며칠만 빼면 대부분 서늘하고 겨울에도 따뜻해서 아파트 살 때와는 비교도 안 되게 난방비가 절약된다.

전원주택을 짓는다면 보통 장작을 때는 황토 찜질방 하나쯤 갖는 게 로망이지만 땔감 준비하는 일과 아궁이 청소하는 일도 만만찮을 것이다. 그런데 우리 집은 이불 한 장만 깔아놓고 보일러를 조금만 돌려도 뜨끈뜨끈하다. 전원주택은 단열이 가장 중요하다. 그런 점에서 같은 공법으로 집을 지은 네 가족 다 대만족이다. 특히 숨을 쉬는 집은 적정 습도에 가깝다 보니 비염도 좋아졌다고 한다.

그러나 전원주택은 아파트보다 자연에 가까워 벌레가 늘 틈을 노린다. 사람이 살기 좋다는 건 벌레도 살기 좋다는 걸로 해석하면 간단하다. 자신이 원해서 자연으로 갔다면 불편한 점 몇 가지쯤은 감수해야 하지 않겠는가. 전원생활의 장점과 단점 중 어디에 더 기우느냐에 따라 선택이 달라질 것이다.

집을 짓는 과정에서는 미리 생각해 둔 것과는 다른 방향으로 흘러가는 부분도 있다. 건축주가 중요하게 생각했던 것을 설계사가 반영하지 못할 수도 있고 소장과의 불통으로 오류가 발생할 수도 있다. 잘해야 평생에 한 번 지을 수 있을까 말까 한 집, 고칠 수 있는 부분은 살면서 조금씩 고치거나 집에 적응하여 집이 좋아지게 만들어야 한다. 주인을 잘 만나면 집은 계속 진화한다.

당신도 편안하시기를

　　　　　　　　　'편안'이란 몸과 마음이 걱정 없이 편하고 좋음이다. 그러니까 두루두루 건강하여 무탈한 상태를 말할 텐데, 과연 무탈한 날이 얼마나 될까. 무탈한 날이 하루라도 많아지기를 염원하며, 건강한 일상을 위한 상식적인 일들을 실천하느라 나는 종종걸음을 친다.

　하루 한 시간 정도는 걷는다. 근처 모악산 편백나무숲길이나 계곡길에 간다. 완만한 오르막 산길이지만 땀을 제법 흘린다. 또 자주 환기를 하고 편안한 잠자리를 위해 틈틈이 이불을 햇볕에 넌다.

　어릴 적 학교에서 공짜로 나눠주던 빵 맛을 잊지 못하는데, 동네 빵집에서 그 맛이 나는 바게트를 발견하고 자주 들락거린다. 그 집은 오전 11시 넘어서 문을 열고 또 일찍 문을 닫는다. 빵도 소량씩만 만드니 원하는 시간에 원하는 빵을 쉽게 살 수 없다. 쉽게 살 수 있는 프랜차이즈 빵은 단맛이 너무 강하고 씹다 보면 떡처럼 뭉쳐버리는 느낌이 내 취향은 아니다. 그러니 조그맣고 불편하지만 건강한 동네 빵집을 아끼고 사랑한다.

마당에 꽃씨를 심고 싹이 날 때 비가 오지 않으면 물을 자주 줘서 잘 크도록 돕는다. 백일홍꽃이 얼마나 예쁜지 심어본 사람은 알 것이다. 꽃씨 한 봉지를 심으면 색과 모양이 다른 10여 가지 꽃을 볼 수 있다. 또 하나의 줄기에서 열 송이도 넘는 꽃이 핀다. 신비해서 자꾸 들여다보게 된다. 그런데 달팽이가 백일홍 어린싹을 너무 좋아하여 다 먹어치울 때도 있다. 달팽이 말고도 공벌레와 방아깨비 같은 것들이 차례로 계속 뜯어 먹으니 새싹 지킴이가 되어 하루에도 몇 번씩 앉아서 본다. 텃밭 뒤쪽 작은 언덕에 심은 딸기는 익기만 하면 개미들이 달려든다. 일단 딸기의 끝부분을 흙에 묻어놓고 며칠을 파먹는다. 그러니 익으면 얼른 따는데도 내가 반, 개미가 반 수확하는 셈이다.

글밭에 씨를 뿌리고 거름과 물을 주며 잘 키우려고 해도 게 으름, 상상력 또는 끈기의 부족 같은 천적들이 계속 방해한다. 그래서 좋은 작품 하나를 손에 쥐는 건 어려운 일. 글 농사 또한 아쉬운 대로 반만 건져도 괜찮다고 생각하자.

사람의 생각이란 지극히 자기중심적이어서 내가 아끼는 것들에 벌레들이 더 극성인 것처럼 느껴진다. 매화나무에 꽃이 지고 나뭇가지가 부쩍 풍성해지면 곧 열매가 달리는데 야들야들한 새 가지엔 어김없이 진드기가 빼곡하다. 벌레들도 맛있는 부분은 잘도 안다. 이때는 진드기가 붙어 있는 곳만 계속 잘라 내면 매실을 어느 정도 수확할 수 있다. 장미에도 잎만 공략하는 벌레가 있는가 하면 또 꽃봉오리만 파먹는 벌레가 있다. 약을 뿌려줘야 전체로 번지지 않지만 가능하면 장갑을 낀 손으로 잡아주려고 한다. 진드기로 고생하면서도 눈 오기 전까지 계속 피고 지는 장미꽃이 대견하다. 봄부터 초가을까지는 상추나 깻잎, 고추, 방아, 방풍, 부추, 쑥갓, 가지, 토마토 등이 항상 밭에서 자라고 있다. 그냥 뜯으면 된다. 한 줌씩만 뜯어서 샐러드 소스를 뿌려 먹는다.

집에 혼자 있다 보면 눈이 부시도록 푸르른 날이 많다는 걸 새삼 깨닫게 된다. 비가 오는 날 또한 비 맞은 잎잎이 더 푸르고도 싱그러워서 장화를 신고 우산을 쓰고 마당을 돌고 또 돈다. 이렇듯 겨울을 빼고는 마당에 있는 시간이 많다. 이젠 마당 없는 집은 상상할 수 없다.

종일 종종거리며 집안일을 할 때는 한 가지 원칙을 지키려고 한다. '마음이 허락하는 대로 하자'는 쉽고도 어려운 원칙이다. 그러잖으면 탈이 나니까. 마음을 따라가야 몸 또한 편안하다. 졸음이 찾아오면 쫓지 않고 잠깐씩 달콤한 낮잠을 즐기기도 하고, 일은 하고 싶을 때만 한다. 하고 싶을 때 하면 능률도 오른다. 오늘 못 한 일은 내일 하면 된다.

큰 걱정이 없어도 마음과 몸이 균형을 이루어 편안한 날은 며칠이나 될까. 시간 내에 해결해야 할 과제로, 감당해야 할 많은 역할로, 다양하게 맺어진 관계의 밀고 당김으로 어지럽게 흔들리곤 한다. 이럴 때면 멀리 보며 중심을 잡아보려고 애를 쓴다. 그러면 흔들림이 좀 덜 느껴진다. 내가 나를 부축하며 다독이며 그렇게 또 걸어간다.

터닝 포인트

인생 반환점,

마라토너들은 여기서부터 속력을 낸다지?

–「반환점」전문

퇴직을 생각하면서부터 '반환점'이라는 단어가 머릿속에서 맴돌았다. 이제 직업을 떠나 본업이라 생각해 온 '글 쓰는 자'로서의 삶에 좀더 무게를 두고 싶었다. 또 지금껏 가보지 못한 새로운 방향을 따라 걷고 싶었다. 그러니까 내가 반환점이라고 생각하는 시점을 지나왔으니, 직업이라는 짐을 내려놓고 이제부터는 하고 싶은 것을 하며 살아야겠다고 스스로 다짐하며 기회를 엿보던 시기였다. 막 반환점을 돈 마라토너처럼 속력을 내야 할 때라는 생각이 깊어졌다.

집을 지은 것도 그즈음의 시기였고 공부를 다시 시작한 것도 그때였다. 누군가가 시켜서 했다면 놀아도 그렇게 즐거웠을까. 스스로 결정한 대로 하다 보니 일도 공부도 하나씩 알아가는 재미가 있었고 내게 주는 선물로 느껴졌다. 일찍이 아리스토텔레스도 "인간은 앎을 통해서만 행복해진다"라고 말하지 않았던가.

좋은 사람들을 오래 만날 수 있는 건 복이다. 그러나 제자리걸음처럼 만날 때마다 같은 주제를 곱씹으며 지루한 시간을 보내는 건 고역이다. 그러니 인생 반환점쯤에서는 새 사람들을 만나 그동안 흔히 보지 못했던 뾰족하거나 삐뚤빼뚤한 세계를 알아가는 것도 재미있겠다. 나와 전혀 다른 삶을 살고 있는 사람들을 만나는 건 흥미진진한 일이다. 나 또한 누군가에게 그런 사람이라면 얼마나 좋을까. 애나 어른이나 새 친구에게 목이 마르다. 물론 나이를 먹을수록 새로운 사람을 사귀기도, 관계를 지속시키기도 어렵다. 또 연륜이 쌓일수록 다른 사람의 의견과 삶에 편견 없이 젖어 들기란 쉽지 않다. 그러니 굳어져 가는 생각을 말랑하게 다듬어야 할 과제가 남았다.

이제 막 반환점을 돌았다. 아직 오지 않은 시간에 대해선 아무도 모르니 장담할 수가 없다.

얼마 전 지인과 영화를 보러 갔다. 20여 분 일찍 갔으나 매진이라고 했다. 이른 오전 시간이라 어디 갈 데도 없는데 갑자기 '비사벌초사'가 떠올라 함께 가보기로 했다. 그동안 가려고 했지만 가보지 못했던 곳. 마침 1년 전부터 카페를 열고 있었다. 이제 막 문을 연 카페에 첫 손님으로 갔는데, 그곳 직원이 신석정 시인과 고택에 관해서 친절하게 설명해 주고 이곳저곳을 안내해 줬다. 시인은 태산목꽃이 피면 벗을 불러 꽃을 술잔 삼아 향을 즐겼다고 했다. 시인은 갔지만, 아직 일러 꽃을 피우지 않은 태산목은 다른 나무들과 함께 고목으로 제자리를 지키고 있었다. 그 후로 위풍당당한 태산목은 자주 내 눈에 띄었다. 어긋난 길에서 생각지도 못한 풍경을 만났던 날, 그래서 더 잊지 못할 하루였다.

우리는 결승점은커녕 바로 뒤에 올 시간에 대해서조차 확실히 아는 바가 없다. 아직 결승점에 가보지 않았으니 가는 데까지의 방향, 거리, 난이도 등에 대해 알 수 없다. 오직 그쪽이라고 믿고 갈 뿐이다. 이런저런 상처와 아픔으로 절뚝거리면서라도 다만 완주할 수 있기를 바란다.

온전한 고요

큰길에서 걸어서 10분 거리에 우리 집이 있다. 집에서 안쪽으로 조금만 더 걸어 들어가면 큰 마을이 나오고 그곳에 버스가 하루 네 번 들어온다. 오래전엔 제법 사람도 많이 사는 큰 동네였다는데 젊은 사람들이 타지로 나가 살다 보니 원주민은 몇 가구 남지 않았다. 그러다가 다시 전원주택 붐이 일어 타지에서 사람들이 들어와 집을 지어 살고 있다. 대개 복숭아 과수원을 대지로 변경해 분양한 집에 들어와 사는 사람들이다. 우리 집터도 복숭아 과수원이었고 지금도 5월이면 동네 곳곳에 도화가 만발하여 여기가 무릉도원인가 싶다.

이사 온 첫날 1층은 아직 정리하지 못한 짐으로 발 디딜 틈이 없어 2층에서 자려고 누웠는데 커다란 보름달이 둥실 서쪽 창에 들어와 있는 게 아닌가. 아파트에 살 땐 앞 동과 옆 동에 가려 아무것도 보이지 않았었는데, 보름달은 이 집에 보너스로 딸려 온 것만 같았다. 사람들에게 우리 집에만 있는 보름달 자랑을 하며 하룻밤 묵어가라고 권하기도 했었다.

이곳에 살면서 가장 좋은 건 저녁이면 칠흑 같은 어둠과 고요가 찾아온다는 것이다. 아파트에 살 때 들리던 차 소리, 오토바이 소리, 마트 앞에서 술잔을 기울이는 사람들 소리, 물 내리는 소리, 어느 집인지 위치를 가늠하기 어려운 못 박는 소리, 싸우는 소리……. 그런 소음이 이젠 들리지 않는다. 대신 개 짖는 소리, 닭 우는 소리, 개구리 소리, 새소리가 들린다. 이젠 이 온전한 고요에 푹 젖어버렸다.

마을 끝에 이르면 나지막한 산이 나오고 그 산을 넘으면 과수원만 보이는 또 다른 세상이 펼쳐진다. 거기서부터 과수원 길을 걸어 이웃 마을로 돌아 집으로 오는 길과 다시 산으로 이어지는 몇 갈래 길이 있는데, 그때그때 마음이 끌리는 곳으로 간다. 어디로 가든 실망하지 않는다.

　오래전부터 시내버스가 들어오는 마을이기는 해도 도로는 2차선도 되지 않는다. 버스를 만나면 길가에서 잠시 대기하다가 버스가 지나가면 가야 한다. 그런 옛 도로이다 보니 구불구불하여 마을 전체가 한눈에 들어오지 않고 보였다 안 보였다 한다. 요즘 사람들은 대부분 직진을 좋아하고 큰길이 나야 동네 땅값이 오른다고 말한다. 그렇지만 나는 우리 동네의 구부러진 길이 마음에 쏙 든다. 옆 동네에선 길을 넓혀달라는 현수막을 크게 붙여놓았는데 지나갈 때마다 혀를 찬다. 저 예쁜 길을, 차도 조심조심 천천히 달리는 길을 왜 넓히고 싶어 하는지 모르겠다. 쭉쭉 뻗은 넓은 길은 편리하기는 하지만 한 번에 너무 많은 것을 보여줘서 궁금함도 없고 속력만 높아질 뿐이다. 오히려 속력을 낮출 때 보이고 얻을 수 있는 것들을 챙기며 살 수 있기를 바란다.

땅의 힘

처음 마당에 잔디를 듬성듬성 심고 마당 전체가 어서 빨리 잔디로 덮이길 기다렸다. 그때는 잔디가 촘촘한 집이 가장 부러웠다. 그즈음에 윗동네에 사는 분이 잔디가 파고들지 않는 곳이 없어 아주 힘들다는 얘기를 해주셨는데, 그땐 그 이야기가 귀에 들어오지 않았다. 자신이 듣고 싶은 말만 듣고 보고 싶은 것만 본다는 '확증 편향 이론'처럼 푸른 잔디 마당만을 상상하며 잔디가 어서 마당을 다 덮어주기만을 바랐다.

그런데 2~3년쯤 지났을까. 그분의 이야기를 잘 새겨듣지 않은 게 후회되었다. 잔디가 얼마나 잘 뻗어나가는지 텃밭이며 꽃밭, 심지어는 시멘트를 뚫고 번져나갔다. 그제야 잔디 막이를 구입하여 경계마다 심어주었다. 폭 15cm짜리를 쓰다 보니 흙을 제법 깊이 파내야 했다. 꽃밭을 침범한 잔디를 걷어내고 잔디 막이를 꼼꼼히 심다 보면 그동안 잘 자라고 있던 구근이나 줄기들이 상처를 입고 예뻤던 화단이 볼품없어진다. 다시 회복하려면 기다림이 필요하다. 마당에 잔디를 처음 까는 사람들에게는 꼭 잔디 막이를 설치하라고 말해주고 싶다. 그것만 잘해줘도 살면서 큰 일거리를 덜 수 있다고 말이다.

5월 말쯤부터 잔디 깎기를 시작하여 서너 번 더 깎아주면 가을이 오고, 그때쯤엔 잔디가 더 이상 자라지 않으니 관리하기는 그리 어렵지 않다. 처음 이사 온 후 몇 년은 잔디 사이의 풀을 대부분 뽑았지만, 이제는 뽑고 싶을 때만 조금씩 뽑고 잔디 깎을 때 같이 깎게 되니 그냥 놔둔다. 완벽하게 하겠다는 생각보다는 몸을 편하게 하자고 생각을 바꿨다. 그러나 텃밭은 풀을 뽑지 않으면 금방 풀밭이 된다. 그러니 얼른얼른 뽑아야 한다. 또 씨가 많이 달린 풀은 더 이상 번지지 않게 바로바로 쓰레기 봉투에 버려야 한다.

텃밭 뒤쪽 작은 둔덕엔 감나무와 대추나무가 있다. 그 아래에 딸기와 머위가 자라고 그 옆엔 씨앗으로 키운 차나무가 있어 9월부터 11월 사이에 흰 꽃을 피운다. 언젠가 토종 해바라기 씨앗을 심었더니 세 포기가 싹을 틔워 자랐는데 볼만했다. 올해엔 열 포기쯤 자라고 있으니 얼마나 크고 멋있을지 기대가 크다. 봄에 생강도 묻어뒀으니 겨울엔 대추생강차를 끓여 마셔야지. 무화과 철엔 달콤한 무화과도 제법 따 먹을 수 있다. 한꺼번에 익는 단점이 있지만, 때맞춰 오는 손님에겐 무화과 맛을 나눌 수도 있다. 텃밭이 없었다면 몸이야 편했겠지만 이런 소소한 즐거움은 누리지 못했을 것이다.

그리 넓진 않지만, 마당과 텃밭이 없었더라면 땅의 위력을 잘 알지 못했겠지. 무엇이든 심어놓으면 2~3년 안에 몇십 배 이상으로 불려주는 게 땅이다. 겨울엔 앙상했던 것들이 봄을 지나 여름에 접어들 무렵부터는 정글을 이룬다. 나무의 키도 쑥쑥 자라니 때론 톱질이 필요하다. 이 모든 것들이 땅의 조화造化다.

하룻밤 머물다 가는 집

　　　　　　　　　　이곳으로 이사 온 후 많은 사람들
이 집에서 자고 갔다. 친척들은 물론 친구들과 처음 보는 사람
들까지. 집 평수는 전에 살던 아파트와 비교해서 그리 넓은 건
아닌데 원룸 형식의 2층 열두 평이 있어선지, 아니면 마당이 있
어선지, 아니면 마음의 평수가 넓어져선지 누굴 재우기가 그리
어렵지 않다.

　누가 온다는 건 어찌 보면 굉장한 일이다. 내가 알고 있는 그
와 내가 알지 못하는 그가 한꺼번에 오는 것이기에. 잘 알고 있
는 사람이라면 조금 덜하지만 잘 알지 못하는 사람이라면 사실
부담스럽기도 하다. 특히 외국인 같은 경우엔 문화가 달라 잠
자리나 식사를 어떻게 해줘야 편안하게 머물지 염려되기도 한
다. 그래서 반가우면서도 조심스럽다.

40

한국 여자와 프랑스 남자가 동거하는 사이라는데, 쓸데없이 살짝 고민했지만 한방에 묵게 했던 일도 있다. 또 열 명이 넘는 사람들이 하룻밤 묵고 간 적도 있다. 어디를 가든 집 떠나면 고생이고 내 집만 하겠는가. 불편한 대로 하룻밤 머물다 갈 수 있기를 바랄 뿐이다. 부담을 덜고 더 편하게 손님을 맞기 위해 '나' 중심으로 생각하기로 마음먹었지만, 누군가가 머물다 간 후엔 조금 더 잘해줄 걸 하는 생각이 남는다.

하룻밤 묵겠다고 하면 쉽게 거절하지 못하는 이유는 고요가 점점 두터워지는 저녁도 좋고 사람들과 두런두런 나누는 말소리도 좋고 별이 총총 돋는 맑은 밤도 좋아, 그런 것들을 함께 나누고 싶어서다. 또 이른 아침, 신발을 흠뻑 적시는 이슬과 풀 냄새에 물드는 기분을, 깊은 숲속에서나 들음 직한 새소리나 더위가 곧 끝날 거라는 풀벌레의 우렁찬 전언을 고이 접어 가져가길 바라서다.

앞집에 큰 소나무가 네 그루 있었는데, 몇 해 전 번개를 맞아 두 그루는 베어내고 두 그루가 남았다. 주인은 남은 두 그루를 베어버리겠다고 했지만 내가 말렸다. 멋진 소나무가 있어서 집도 더 근사해 보인다고 말했더니, 다행히 나무를 베지 않았다. 내가 지켜낸 나무에 보름달이 걸리는 날은 넋을 놓고 바라보는 호사를 누린다. 그럴 땐 혼자 보기 아깝다.

2층엔 가전제품이 없다. 흔한 라디오도 TV도 없다. 오로지 고요만 채워놓았다. 라디오나 TV가 없어서 허전할 수도 있지만, 하룻밤쯤은 매일 보고 듣던 것들을 끊고 옆에 있는 사람이나 자신을 온전히 바라보는 것도 좋겠다. 닭 우는 소리, 빗방울 소리, 멀리서 개 짖는 소리는 다른 소음에 묻혀 도시에서는 잘 들리지 않는 소리다. 귀 기울이지 않아도 스며드는 소리들이 귀를 씻어주고 어지러운 마음을 붙잡아 줄 것이다.

이른 새벽, 잠이 깨면 꼭 마당으로 나가본다. 동틀 무렵엔 왠지 어제와는 전혀 다른 세상이 열리는 듯하다. 그래서 경건한 마음으로 마당을 서성이며 점점 또렷해지는 아침을 혼자 독차지하여 맞이한다. 그러니까 이때는 매일매일이 새롭다는 것을 느낀다.

도시에 살 때는 보지 못했던 별을 이곳에선 자주 본다. 한때는 별자리 앱을 깔고 잘 알지도 못하는 별자리를 찾으며 혼자 신났었는데. 도시가 지척인 이곳에 이렇게나 많은 별이 뜰 줄

상상이나 했겠는가.

  그대여, 별이 쏟아지는 맑은 날도 좋고, 2층 서쪽 창에 보름
달 뜨거든 오세요.

전쟁에서 승리하라

흙을 만지며 사는 일은 정말 좋지만 불편한 두 가지 정도가 따라오니 이는 풀과의 전쟁, 벌레와의 전쟁이다. 전쟁에서 승리하면 계속 사는 것이고, 그러지 못하고 패하면 다시 아파트로 돌아가야 한다. 좋은 것과 나쁜 것은 항상 세트로 온다. 몸이 건강하다면 풀과의 전쟁도 해볼 만하다. 그러나 어깨가 아프거나 허리가 아픈데 풀을 계속 뽑기는 어렵다. 그러니 조급함은 버리고 쉬엄쉬엄, 조금씩 해야 한다. 또 흙이 있으니 반드시 해충이 있다. 벌레를 보지 않고 주택에 산다는 건 불가능하다. 한 가지 벌레를 극복하면 또 다른 벌레가 나타난다. 이것을 극복하지 못하여 집을 팔고 다시 아파트로 이사 가는 사람을 여럿 보았다.

어떤 사람은 공기 좋은 곳에서 살고 싶어 시골로 갔다가, 벌레와 뱀한테 져서 우울했다고 한다. 나도 처음엔 벌레 때문에 힘들었지만, 이제는 벌레를 잡거나 조금씩 무시하며 살고 있다. 무당벌레나 메뚜기, 사슴벌레 같은 것들은 손바닥에 올려놓을 수도 있지만, 배를 바닥에 붙이고 기는 것들은 손가락으로 잡기도 어렵다. 그래도 생각을 바꾸기로 했다. 이곳에서 계속 살려면 혐오 벌레를 받아들여야 한다고. 나도 벌레도 자연의 일부일 뿐이며, 그래서 함께 살아야 한다고. 좋은 것과 나쁜 것에 대한 생각의 균형을 잃지 않으려고 매번 몹시 흔들리곤 한다.

주택은 아파트와 달리 습도가 높은 편이다. 우리 집 습도는 봄과 가을엔 45~60% 정도이며 여름엔 70~80% 정도이다. 장소에 따라 다르긴 하지만 도시의 아파트는 보통은 건조하여 실내에서도 빨래가 바싹 마른다. 아파트는 고층이어서도 그렇지만 습도가 낮아서 벌레가 살 수 없는 환경인 것 같다. 이에 비해 주택은 습도가 높으니 작은 거미들도 열심히 집을 짓고 산다. 그러니 아파트처럼 생각하고 주택으로 이사 왔다가는 실망이 클 수밖에 없다. 청소를 자주 하여 거미집을 없애고 방충망을 잘 닫으면 큰 불편은 없지만, 그래도 어느 틈으로든 들어오는 것도 있다.

나무도 벌레들이 좋아하는 나무가 있다. 우리 집에 있는 과실수 중에 감나무, 대추나무, 모과나무 등은 벌레가 좋아하지만 무화과와 블루베리에는 벌레가 없다. 또 장미, 모과나무, 매화나무, 배롱나무 등은 진드기 같은 벌레가 많이 꼬이고 목련나무, 측백나무, 주목, 소나무, 남천 같은 나무에는 벌레가 거의 없다.

자연은 용감무쌍하다. 강추위가 오거나 햇볕이 뜨겁게 내리쬐어도 숨지 않는다. 그런 자연에 가까이 사는 사람들은 대개 부지런하고 용감하다. 아파트에선 없는 문제들을 해결해 나가며 살아야 하기 때문이다. 그 문제들은 항상 내 손길을 기다린다. 손길이 닿은 곳은 안전하고 푸르르고 반짝반짝 빛이 난다. 그러니 씩씩하게 움직일 수밖에 없다.

몇 가지 불편을 감수하면 주택은 많은 즐거움을 준다. 햇빛, 달빛, 별빛, 바람결을 더 많이 느낄 수 있다. 이불과 옷을 널어 일광욕을 시키면 풀 냄새가 난다. 햇빛과 바람이 드나들며 신선한 냄새를 채워준다.

주택에 산 지 10여 년, 이쯤 살았으면 전쟁에서 승리한 게 아닌가?

02

놀이하는
인간

드르륵드르륵 재봉질

이곳으로 이사 올 무렵 동네 문화센터에 등록하여 일주일에 한 번, 야간 초보반에서 재봉을 배웠다. 어릴 적부터 재봉틀이 집에 있긴 했지만 한 번도 만져본 적 없으니 배우는 과정이 쉽지 않았다. 문화센터 수업만 듣고는 진도를 따라갈 수 없어서 고급반 학생이 쓰던 중고 재봉틀을 사서 집에서도 박음질을 했다.

수업은 어려웠지만 하나씩 배워가는 과정은 재미있었다. 무엇보다 한 가지씩 만들어 쓸 수 있어서 좋았다. 첫 결과물은 파우치였다. 처음 하는 것치고는 여러 조각을 이어 붙이는 제법 고난도의 작품이었다. 그다음은 방석, 그다음은 고무줄 바지를 만들었다. 이곳으로 이사 온 후 방석 만들기를 시작했는데, 두 개만 만들면 되는 것을 네 개를 목표로 만들었다. 그런데 방석

50

한 개는 앞면 열두 조각에 뒷면과 속지까지 모두 이어 붙여야 했다. 네 개의 방석에 들어가는 조각을 모두 재단해서 자르고 박음질하고 지퍼를 달다 보니, 며칠을 자정이 넘도록 드르륵드 르륵 재봉틀을 돌려야만 했다. 아파트에 살았다면 불가능했을 일이다.

방석 네 개를 다 만들어서 식탁 의자에 깔았더니 뿌듯하면서 도 정말 내가 만들었나 신기했다. 세상에 하나뿐인 작품이었 다. 1년 정도 배운 후 재봉반을 그만뒀는데, 그 후에도 집에서 간단하게 필요한 건 천을 떠다가 만들어 쓰고 있다. 섬세한 건 어렵기도 하고 또 시간을 많이 빼앗으니 못 만들지만, 쓰던 커 튼을 고쳐 쓰거나 수건, 컵 받침 등 적은 시간을 들여 잘 쓸 수 있는 물건은 곧잘 만들어 쓴다. 굴러다니는 자투리 털실을 모 아 코바늘로 둥글게 떠서 가운데에 부직포를 넣고 뒷면엔 광목 을 대어서 둥근 방석을 만들기도 했다. 버릴 옷의 주머니를 떼 어 에코백 포켓을 만들거나 레이스를 옮겨 달아서 전혀 다른 가방을 탄생시키기도 한다. 창작의 즐거움은 시간을 잊고 몰두 하게 하는 힘이 있다.

글을 다듬으며 새로운 문장을 탄생시키든지 꽃 한 송이를 그리든지 천을 이어 붙여 쓸 만한 소품을 만들어내든지, 무엇이든 창작에 투자하는 시간은 아깝지 않다. 무엇엔가 집중하여 열중할 수 있는 에너지는 삶을 시들지 않게 한다. 니체 또한『짜라투스트라는 이렇게 말했다』에서 고난을 극복하고 창조하는 인간에 대해서 높이 평가했다. 보이지 않는 바람에 의해 휘는 나무처럼, 사람들의 의지를 꺾는 삶의 고초를 창작의 즐거움으로나마 잘 이겨내기를 응원하는 마음이 아니었을까.

꽃밭에 씨를 뿌려 꽃을 기대하는 것과 텃밭의 잡초를 뽑아내고 배추 모종을 사다 심는 것, 또 내년 봄을 위해 웃자란 가지를 자르고 나무의 모양을 새롭게 잡아주는 것도 꼼지락꼼지락 손으로 하는 창작이다. 계속 창작자의 삶을 살기 위해 안팎이 궁금하기를 바랄 뿐이다.

네 가족의 목공 이야기

네 가족이 함께 ALC로 집을 짓고 난 후에도 가끔 만나 집에 관한 정보를 교환한다. 오일 스테인은 어떤 제품이 좋은지, 빨래 건조장은 어떻게 만들었는지, 집 구조를 어떻게 바꿨는지…… 서로 궁금했던 것을 나누는 귀한 시간이다.

집을 짓고 난 후 아직 힘이 남아 있었던지 의견을 모아 용감하게도 원목을 샀다. 수입산 소나무를 한 가족당 백만 원쯤 투자하여 샀더니 그 양이 산더미였다. 마침 비닐하우스가 있는 용복동 집에 보관하며 말리기로 했다. 필요한 장비를 사서 용복동 창고와 비닐하우스에서 작업을 하기로 했다. 그런데 경험이 없던 터라 목공소에서 처음 잘라 온 나무가 너무 두꺼워서 트럭을 불러 싣고 가서 다시 얇게 켜 왔다. 그런 후 나무를 나누고 각자 필요한 물건들을 하나씩 만들기 시작했다.

대부분 방학 때 그 일을 했다. 그러니까 여름엔 수박을 잘라 먹고 냉커피를 마시며, 또 겨울엔 불을 피워 몸을 녹여가며 나무를 자르고 사포질을 하고 오일을 발랐다. 또 평철과 각관을 사다가 자르고 용접하고 사포질하고 구멍을 뚫고 색을 칠하여, 식탁이나 장의자의 다리를 만들어 붙였다. 하다 보니 가구 만드는 공장 같았다.

처음에는 계획이 창대했다. 내게 필요한 것을 만들거나 지인들에게 필요한 것을 만들어주거나, 또는 원하는 사람에겐 팔아서 경비에 보태도 좋겠다고 했다. 그러나 우리가 만든 제품은 튼튼하기는 해도 날렵하거나 세련되지는 못했다. 그렇다 보니 아는 사람들에게 강제 선물을 하게 되었다.

4년 정도 틈틈이 만들었는데도 나무가 좀 남았는데, 이제는 갈라지는 현상이 나타나서 무엇이든 다 만들어야만 했다. 그때는 나무를 어서 소모하고 싶다는 생각밖에 없었지만, 지금 생각해 보면 그런 경험을 언제 또 할 수 있을까 싶다.

함께 만든 물건을 잘 쓰고 있을 때, 내가 선물했던 식탁이 지인 집에 놓여 있는 걸 볼 때 뿌듯하다. 손수 만들어 쓰고 있는 식탁의 두께를 손으로 재어보며, 또 촘촘한 무늬가 된 나이테의 질감을 쓰다듬으며 우리는 서로의 나이테를 그려주고 있다는 생각에 다다른다. 사람과 사람, 사람과 자연은 그렇게 서로의 성장에 알게 모르게 영향을 미칠 테니까.

사실 한 분이 있었기에 모든 일이 가능했다. 같이 집을 짓진 않았지만 여러 가지 인연으로 우리와 함께했던, '맥가이버'라고 불렀던 그분은 설계도도 없이 뚝딱뚝딱 물건을 만들어냈다. 그분의 진두지휘 아래 탁자도 만들고 의자도 만들고 침대도 만들고 데크도 만들고 대문도 만들고, 어떤 집은 창고도 짓고 찜질방도 만들었다. 우리는 지시에 따라 자르고 다듬고 못을 박고 색을 칠했다.

나중에 목공 수업을 잠깐 받아보니, 목공의 첫 단계는 설계였다. 지면에 세밀히 자로 재며 설계도를 실물처럼 그려야 했다. 그리고 설계도에 있는 길이에다 톱질로 잘려 나갈 여분의 길이까지를 더해서 나무를 잘라야 했다. 그런데 우리는 그런 과정을 생략하고도 잘도 만들었다.

맥가이버 선생님이 새 아파트로 이사했을 땐 모두가 가서 재

료만 사다가 리모델링을 함께 했다. 인건비나 운반비가 경비의 대부분을 차지하기 때문에 비용을 꽤 절감할 수 있었다.

가끔 서로 각자의 집으로 초대하면 달려가 그동안 달라진 집을 구경하기도 하는데, 연장을 갖추고 있는 집은 좀더 좋은 원목을 사다가 근사한 식탁을 만들어 보여주기도 한다. 또 마당 구조를 새롭게 바꾸기도 하여 갈 때마다 달라진 것을 보는 재미가 쏠쏠하다.

얼마 전에는 맥가이버 선생님이 시골에 땅을 샀다. 여러 가지 형편이 맞으면 그곳에 집을 지을 것이다. 그때는 또 모두 달려가 즐겁게 힘을 보탤 것이다.

콜드 브루cold brew 만들기

　　　　　　　　　　　취향에 따라 다르겠지만, 핸드드립 커피보다 맛있는 건 콜드브루라고 생각한다. 우리에게는 '더치커피'로 알려져 있는데, 차갑다는 뜻의 콜드cold와 우려낸다는 뜻의 브루brew의 합성어인 콜드브루는 원두 가루를 상온이나 차가운 물에 오랜 시간 우리는 방식이다. 그래서 '워터드립water drip'이라고도 불린다. 콜드브루는 24시간 이상 찬물에 우려내는 침출식 추출 방법과 1초에 한 방울씩 떨어뜨려 우려내 '커피의 눈물'이라고도 하는 점적식이 있다. 점적식은 세팅 후 첫 방울이 나오기까지 거의 한 시간이 걸리므로, 다 우려내기까지 10시간 이상 걸린다. 점적식은 집에 도구가 없으니 오늘은 특별한 도구 없이도 만들 수 있는 콜드브루를 만들어보기로 한다.

생두를 꺼내고 버너와 웍, 큰 접시, 부채, 나무 주걱을 챙겨 마당으로 나간다. 원두를 볶을 땐 티가 많이 날리고 커피 향기가 진하게 나기 때문에 당연히 마당에서 해야 한다. 로스팅할 수 있는 도구도 없이 커피를 볶을 수 있는 건 마당이 있어서다. 10분 정도 센 불에서 빠르게 볶은 후 볶은 커피콩을 큰 접시에 넓게 펴서 빠르게 식혀야 한다. 냉동고에 넣어 식힐 때도 있지만, 오늘은 부채질을 하여 식히기로 한다. 좀더 빨리 식히려면 접시를 새 접시로 바꿔가며 부채질을 하면 된다. 다 식은 원두를 믹서기에 넣고 평소와 달리 좀 거칠게 갈아 다시팩에 커피 가루 50g을 넣는다. 이것을 유리병에 넣고 원두 다섯 배의 생수를 부어 냉장고에 둔다.

기다리는 시간 또한 커피를 만드는 과정이다. 24시간을 기다린 후 마셔보니 좀 약하다 싶어 24시간을 더 두어 48시간 후 맛을 보니 됐다 싶었다. 이때 찬물을 넣는 이유는 향미는 높이고 지방산의 양은 줄여주기 때문이지만, 빨리 마시고 싶다면 온수를 쓰기도 한다. 숙성이 끝나면 커피를 거르는데, 추출액을 보관 용기에 따른 후 다시팩을 짜서 커피를 모아 용기에 따른다. 이때 너무 세게 짜면 쓴맛이 많이 나오므로 약하게 짜야 한다.

50g으로 약 600cc의 콜드브루를 만들 수 있다. 콜드브루는 쓴맛이 덜하고 부드러운 풍미를 느낄 수 있으며 뒷맛이 깔끔하다. 이렇게 만들어진 콜드브루는 원액이므로 여기에 물이나 얼음을 넣어 마셔야 한다. 우유를 넣어 카페라테로 마셔도 좋다. 콜드브루는 냉장 보관하여 약 2주까지 마실 수 있다.

베토벤이 커피콩 60알을 세어 커피를 내려 마셨다는 일화가 있다. 비싸서 더 귀하게 여겼을 한 잔의 모닝커피, 의식처럼 직접 곰팡이가 피거나 썩은 결점두를 골라내고 신선한 커피콩 60알을 세고 또 세었다는 베토벤을 상상한다. 궁금해서 세어보니 60알은 딱 커피 한 잔이 나오는 양이다. 이 60알은 8~10g 정도이니, 핸드드립 커피와 콜드브루는 마실 수 있는 양이 거의 비슷하게 추출되지 않을까.

커피를 좋아하지만 많이 마시거나 오후에 마시면 잠 못 이루는 밤을 보내야 하므로 오전 중에 딱 한 잔만 마신다. 가장 편안한 시간을 아껴 커피 마시는 시간을 마련한다. 조각 치즈나 초콜릿, 음악이 있다면 더 좋겠다.

자연을 재현하다

울안에 핀 꽃 중 한두 송이를 꺾어 화병에 꽂기는 하지만 따로 꽃꽂이를 배울 생각은 하지 못했다. 그런데 꽃을 배울 기회가 생겼다. 고용노동부에서 배움카드를 만들면 커피나 빵, 목공 등 다양한 것을 배울 수 있다는 걸 알게 되었다. 인기 많은 곳은 일찍 마감되기 때문에 미리 학원과 시간을 조율해야 했다. 그중 시간이 맞는 화훼장식을 선택해서 꽃을 배우게 되었다.

화훼장식은 일주일에 이틀, 3개월 과정이었는데 꽃을 꽂아 더 예쁘고 싱싱해 보이도록 하는 다양한 꽃꽂이flower arrangement를 배우면서 꽃을 대하는 태도가 바뀌었다. 꽃다발, 꽃바구니, 갈란드, 부케, 리스, 센터피스 등을 만들어보고 포장하며 다양한 꽃꽂이를 경험했다. 그러면서 꽃이 더 좋아졌다. 더하기와 빼기를 잘하고 또 알맞은 길이, 적절한 위치와 방향을 선택한다면 최고의 작품을 볼 수 있다는 것이 마치 시를 완성해 가는 과정과도 다르지 않다는 생각이 들었다.

예전의 꽃꽂이가 진선미를 중요시하며 정형화되어 있었다면, 지금의 꽃꽂이는 자연스럽게 높낮이를 달리하여 공간감을 살리는 것과 창의성을 중요시한다. 남들과 다르게 꽃을 꽂는다면 무조건 눈길을 끈다. 남들과 다른 삶의 모습이 관심을 받는 요즘 세태와도 맥락이 닿아 있지 않나. 꽃을 배우면서 다시 한번 느낀 건 역시 자연만큼 멋진 꽃꽂이는 없다는 것. 산이나 들에 핀 풀꽃 무더기, 또 나무와 풀의 조화로움은 어떤 꽃다발보다 세련되고 값져 보인다. 그 자연스러움을 재현하는 게 요즘의 꽃꽂이인 것 같다.

꽃은 피부와 마찬가지여서 적절한 온도와 습도에서 오래간다. 9~13℃의 서늘한 곳에서 꽃을 가장 오래 볼 수 있다. 또 비닐 포장지는 습도를 너무 높이므로 빨리 벗기는 게 좋다. 온도

차가 심하면 오히려 꽃을 상하게 하며, 뜨거운 햇볕이나 온열 기구의 바람은 꽃을 시들게 한다. 세균의 번식을 막기 위해 화병은 매일 닦고, 신선한 물로 갈아줘야 꽃을 오래 싱싱하게 볼 수 있다. 물을 갈아줄 때는 줄기 끝을 가위로 잘라서 계속 신선한 단면으로 만들어줘야 한다. 단면이 넓을수록 물을 더 잘 흡수하기 때문에 줄기 끝을 대각선으로 잘라주면 좋다.

수국은 이름만큼이나 물을 아주 좋아해서 꽃이 마르지 않게 스프레이로 뿌려주거나 물에 꽃을 푹 담가 관리해야 한다. 국화나 들꽃 종류는 꽃이 상하지 않게 종이로 감싼 다음 줄기 끝부분 3~5cm를 끓는 물에 1분 정도 담가 열탕 처리를 한 후, 찬물에 담가 물올림을 하면 더 오래 볼 수 있다. 줄기 끝에서 진액이 나오는 꽃은 그 부분을 끓는 물에 30초 정도 담그거나 성냥불에 그을리면 더 오래간다. 또 꽃가루가 날리는 백합 같은 경우엔 만개하기 전에 미리 꽃술을 제거해야 여기저기 묻을 염려가 없다.

수업 전에 보통은 덩어리 꽃인 매스와 배경이 되는 그린을 나눠주는데, 선생님이 생강초(설악초)를 아주 소량씩 주면서

개인적으로 좋아하는 그린이라고 하였다. 귀를 의심했다. 봄이 되면 밭이고 마당이고 구별 없이 돋아나던 싹을 뽑아내느라 바빴었다. 그런데 그 꽃을 귀하게 대접하는 것을 보고 깜짝 놀라서 밭에 많이 피어 있는 사진을 보여줬더니 다들 놀랐다. 수업 마지막 날 설악초 나눔을 했다. 씨로 번식하는 것은 한 송이만 있어도 수천, 수만 송이가 된다. 내게 있으면 귀한 줄 모르지만 내게 없으면 귀한 것이다.

꽃을 공부하며 꽃이 얼마나 다양하게 쓰이는지 새로운 발견을 했다.

마당에 색칠하기

집에 피는 꽃을 그리려고 찍어둔 사진을 찾다 보니 꽃과 새싹과 열매를 들여다보고 향을 맡으며 혼잣말로 찬사를 아끼지 않았던 순간들이 참 많았음을 알게 된다. 맑은 날 마당에서 서성거리며 생각한다. 언젠가 이곳이 아닌 곳에서 여기를 떠올린다면 슬플까 기쁠까.

몇 년 전 2월 어느 날 꽃집에서 작은 히아신스 화분을 하나 사왔는데 꽃 모양과 향에 취해 나도 모르게 스케치북을 펼치고 있었다. 연필로 밑그림을 그리고 색깔은 색연필로 채웠다. 처음이라서 자신이 없었는지 색을 칠한 듯 만 듯 옅게 칠했다. 그러나 지금도 그 그림을 들여다보면 그때의 기분에 가 닿을 수 있고, 아직도 처음 그린 꽃 그림이 향을 뿜는 것만 같다.

그 후 꽃을 하나씩 그리기 시작했다. 특별히 그림을 배운 적이 없으니 그냥 제멋대로 그리는 그림이었다. 말하자면 아무도 모르는 나만의 취미가 생긴 것이다. 딸기꽃, 미스김라일락, 로즈마리, 수선화, 매발톱, 초롱꽃, 불두화, 백일홍, 옥잠화 등 마당이나 화분에 핀 꽃을 한 송이나 두 송이씩만, 많은 시간 들이지 않고 마무리할 수 있게 그렸다. 비 온 뒤 촉촉한 꽃과 잎은 생기가 있어서 더 그려보고 싶은 생각이 들었다. 그래서 비가 오고 나면 마당으로 나가 사진을 찍었다. 지금은 솜씨가 없어서 잘 그리지는 못하지만 언젠가는 다 그려보고 싶은 것들이라고 생각하면서.

세어보지는 않았지만, 울안에서 족히 100여 종의 꽃이 피고 지지 않을까. 사다 심은 것도 있지만 거의 얻어 심은 것이며 씨를 받아 와서 심은 것, 씨가 날아와서 자란 것도 있다. 우리 집에 와서 마당의 식구가 된 것들은 하나하나마다 이야기가 담겨 있다. 또 100가지 꽃을 피웠다면 몇백 번을 들

여다봤을 것이다. 싹이 날 때부터 꽃봉오리가 맺히고 점점 커지는 모습과 만개했을 때와 또 지는 모습까지 바라보고, 한쪽 구석에서 피어도 꼭 눈을 맞추기 때문이다. 그러면서 참 예쁘다고, 어떻게 꽃을 피웠느냐고, 고생했다고, 작년보다 꽃송이가 크다고, 또는 작년만 못하다고 혼잣말을 하곤 했다. 송이가 작으면 작은 대로 그만한 이유가 있어 외면할 수 없다.

2018년 여름은 강렬한 햇빛과 가뭄이 한꺼번에 왔다. 물을 주다가 지쳐서 포기할 정도로 땅이 딱딱하게 말라 있었다. 오죽하면 지렁이들도 마른 땅을 견디지 못하고 다 밖으로 나와 말라 죽었으니까 말이다. 나무에 열리는 열매도 작고 잎사귀도 타는 듯했다. 물론 꽃도 잘 피지 못했다. 그래도 신기하게 염천을 뚫고 꽃을 피우는 녀석들이 있었다. 손으로 쓰다듬으며 칭찬을 아끼지 않았다. 꽃이 지고 작은 열매를 맺었지만, 다음 해에는 예년보다 꽃이 더 번성했다. 사람에게도 역경이 있듯이

식물도 추위나 더위, 천적을 만나면 다음을 기약해야 한다. 식물도 사람처럼 고난을 견디고 나면 더 단단해지는 것 같다.

얼마 전부터 재능기부 하는 분의 카페에서 그림을 그린다. 자신이 그릴 것을 정해 오고 그리고 싶은 것을 그리는데, 그리다가 막히는 부분을 질문하면 조언을 해준다. 그때 2년 정도 혼자 그리던 꽃 그림의 부족한 점과 작고 세밀한 그림의 드로잉 기법과 색칠하는 방법을 조금씩 알게 되었다. 또 미술을 전공한 선생님은 작가들의 좋은 그림을 계속 보여주었다. 칭찬까지 잘해주는 선생님 덕분에 그림 그리는 일은 노는 일처럼 재미가 있다.

선생님은 전공자들과는 다른 그림, 그러니까 서툰 그림의 또 다른 매력에 대해서도 알려주었다. 자기만의 색깔이 있을 때 오히려 더 생명력이 느껴지는 건 아닐까. 그동안 설렁설렁 그리던 그림을 세밀하고 선명하게 그리려다 보니 손바닥만한 크기로 한 장 그리는 데 두 시간, 세 시간 또는 그 이상도 걸리게 되었다. 그러나 오래 걸리는 시간이 지루하기보다는 훌쩍 지나가 버린다. 늦게 배우는 그림 공부에 시간 가는 줄 모르게 되었다.

그림을 그리면서 음악을 들을 수 있는 건 그림의 또 다른 매력이다. 좋아하는 음악을 들으며 콧노래를 부르며 그림을 완성해 나가는 건 큰 즐거움이다. 그래서 일을 하다가 쉬고 싶으면 스케치북을 펼치곤 한다.

추위가 찾아오고 마당이 눈으로 다 덮이면 아무것도 보이지 않는다. 그러나 입춘이 오고 다시 바람이 훈훈하게 불어오기 시작하면 빈 도화지 같던 마당에 새싹이 돋아나고 꽃이 피어나  며 마당에 색칠을 하기 시작한다. 나는 죽음을 이기고 돌아온 것들과 눈을 맞추고 스케치북에 하나씩 생명을 불어넣을 것이다.

수를 놓다

같은 직장에 근무했던 선생님 한 분이 손재주가 좋았다. 서예도 오랫동안 했고 그림도 잘 그리고 뜨개질도 잘하고 자수도 잘 놓았다. 가끔 뜨개질로 만든 선물을 받기도 했는데 솜씨와 감각이 남달랐다. 어느 날 흰 블라우스 소매 끝에 검붉은색 장미꽃 한 송이를 수놓아 입고 출근했는데, 장미 한 송이는 과하지도 않고 절제된 것 같으면서도 흰색 블라우스를 돋보이게 했다. 감탄하는 모습을 보고 나중에 퇴직하고 시간이 생기면 자수를 가르쳐주겠다고 했다. 그러고는 잊고 있었는데 퇴직 소식을 들었는지 연락이 오고, 정말 프랑스자수를 가르쳐주러 우리 집을 방문하였다. 오랜만에 만나서 반가웠고 예쁜 자수를 배울 수 있어 더 반가웠다. 사실 우리는 중·고등학생 시절 뜨개질도 배우고 자수도 배웠으니 기법은 다 알고 있다. 다만 배운 지 너무 오래되었고 어떻게 응용해야 할지 몰라 시작하기가 어려울 뿐이다.

선생님은 실을 다루는 법과 매듭짓는 법, 또 바탕에 그림 그리는 것과 함께 자수에 많이 쓰이는 기법 몇 가지를 가르쳐주었다. 아무것도 없는 곳에 수를 놓으면 손수건조차도 어여뻐서 손을 닦기에도 아까운 작품이 되었다. 가방에 수를 놓으면 마법처럼 명품 가방이 되고 옷도 수놓기 전과는 다른 옷이 되었다. 어디에도 없는 가방과 옷이다. 옷가게에서도 수를 조금씩 놓아서 비싸게 파는 것을 본 적이 있다. 핸드메이드는 최고의 브랜드이다. 요즘 파는 자수용 실은 세탁을 해도 변함이 없이 항상 그대로여서 수놓을 맛이 난다. 몇 번을 함께 수를 놓다가 나중엔 혼자서 이불에도, 커튼에도, 치마에도, 행주에도……. 여기저기에 수를 놓았다. 지나가는 말로 한 약속을 지킨 선생님 덕분에 그 후로 마음만 먹으면 자수를 할 수 있게 되어 참 고맙다.

밋밋한 에코백에 국화 한 다발 수놓으니 세상이 환해졌다
시들시들과 권태 틈틈이 붉은 장미 두 송이 싱싱하고

가문 가슴으로 소나기 한줄기 지나간다
바늘이 들락거리고 나니 귀퉁이도 중심이다

간신히와 무관심의 그늘 어디에 수를 놓을까
푸르짱짱한 색실을 꿴다

- 「신의 한 수繡」 전문

    요한 하위징아는 인간을 '호모 루덴스'로 정의했다. 곧 '유희하는 인간'을 말한다. 그러니까 인간은 생각을 하기도 전에 놀 줄 알았다는 것이다. 그림이나 목공, 꽃꽂이, 재봉, 자수, 커피 만들기는 내가 하는 놀이이다. 노동의 개념을 떠나 좋아서 하면 놀이가 된다. 열심히 놀다 보면 그림 한 장이 완성되고, 식탁이 완성되고, 커튼이 완성된다. 혼자 할 때도 있지만 여럿이 할 때도 있다. 혼자 놀기도 하고 둘이 놀기도 하고 여럿이 놀기도 한다. 놀면서 외로움과 불안과 슬픔, 스트레스를 날려 보낸다. 어른이 되어도 노는 일은 멈출 수 없다.

홀로 앉아 마시면 신비롭고

　　　　　　　　　　몇 년 전 차 만드는 법을 잠깐 배웠다. 팬지, 도라지, 만수국이라고도 하는 매리골드, 맨드라미, 개똥쑥, 금계국, 홍화, 천일홍, 페퍼민트 등 꽃과 잎으로 다양하게 만들어보았다. 꽃과 잎으로 만들지 못할 차는 없는 것 같았다. 꽃이나 잎은 시기를 놓치면 다시 1년을 기다려야 한다. 그러니 차 만드는 사람들은 좋은 재료를 구하러 다니느라 항상 바쁘다.

　꽃차 중 제일은 비염과 축농증, 폐 건강에 좋다는 목련꽃차가 아닌가 생각한다. 목련꽃차는 꽃잎을 한 잎씩 따서 만들기도 하지만 제대로 하려면 한 송이 통째로 만드는데 젖은 꽃송이를 일일이 펴서 건조해야 하니 여간 손이 많이 가는 게 아니다. 또 송이째 덖으려면 건조 시간도 많이 필요하다. 그 정성에 답례라도 하듯 다관에 목련꽃 한 송이를 넣고 물에 우릴 때 다시 한번 꽃을 활짝 피운다.

꽃과 잎은 손질하여 씻고 물기를 털어낸 후 최저점의 온도에 맞춘 전기 팬에 한지 한 장을 깔고 그 위에 올려서 잘 편다. 팬의 온도가 올라가면 꽃과 잎을 꺼내 식힌다. 팬을 다시 최저점에 놓고 꽃과 잎을 올린다. 팬이 뜨거워지면 꽃과 잎을 꺼내 식히는 것을 계속 반복하다 보면 하루 또는 그 이상이 걸리기도 한다. 수분이 다 날아간 것 같으면 최저점의 온도에서 팬 뚜껑을 덮어놓고 뚜껑의 습기를 살핀다. 습기가 맺힐 때마다 행주로 닦아내기를 반복하다 보면 나중엔 물기가 맺히지 않게 된다. 그러면 다 된 것이다.

완성된 것은 소독된 마른 유리병에 담는다. 다 담은 후 뚜껑을 닫고 흔들어보면 '딸깍딸깍' 소리가 난다. 건조가 잘된 것이다. 보관하다가 좀 눅눅해진 것 같으면 마지막 과정이었던 전기 팬 뚜껑을 덮고 뚜껑에 맺히는 습기 닦아내기를 하면서 더 건조하면 된다. 이 일은 인내심이 필요한 고된 작업이다. 그래서 건조기를 쓰는 사람도 있다지만 책을 읽거나 집안일을 하며 차를 만드는 일은 그만큼 마음을 수련하기에도 좋은 일거리다.

텃밭가에 씨앗을 심어 10여 년 자란 녹찻잎도 새순을 따서

같은 덖음 과정을 거친다. 제대로 하려면 가열한 다음 꺼내서 비비고 다시 가열하는 과정을 여러 차례 반복해야겠지만, 다른 잎차와 같은 방법으로 만들어본다. 첫서리를 맞은 뽕잎차는 임금님께 진상했었다는 말을 듣고 일부러 첫서리를 맞은 제법 고목의 잎을 따 왔다. 첫서리를 맞은 뽕잎은 매우 거칠어서 차를 만들어놓아도 차를 우려도 모양이 나지 않았지만 차 맛은 정말 고소하고 훌륭했다.

꽃밭에 있는 베르가못이나 텃밭의 방아는 잎을 따서 바로 끓인 물에 띄운다. 쉽게 즐길 수 있으면서도 향과 맛이 뛰어나다.

차는 처음에는 색으로 마시고 두 번째는 향으로 마시고 세 번째는 목 넘김의 맛으로 마신다. 차마다 효능은 다르지만, 일반적으로 심신을 맑게 하고 혈액순환과 노폐물 배설을 돕는다고 한다. 몸과 마음을 따뜻하게 하는 차, 짧게 배웠지만 유용하게 써먹고 있다.

홀로 앉아 마시면 신비롭고 두 사람이 함께 마시면 고상한 경지가
있고 3~4인이 어울려 마시는 것은 그저 취미로 차를 마시는 것이고
6~7인이 모여 차를 마시면 그냥 그저 평범할 뿐이고 7~8인이 모여
앉아 마시는 것은 서로 찻잔을 주고받는 것일 뿐이다.
- 초의선사, 『다신전茶神傳』 중에서

붕붕카파

직장을 그만두고는 내가 타던 차를 필요한 사람에게 주고 남편이 타던 차 한 대만 쓰기로 했다. 평소엔 남편이 집에서 걸어서 10분 거리에 있는 큰길에 나가서 버스를 타고 출근한다. 그런데 오늘은 남편이 자동차를 가지고 출근했다. 항상 차를 갖고 있으면서 바깥에 일이 생기면 쪼르르 나가 볼일을 보다 보니, 일이 없어도 차가 없으면 발이 묶이는 것만 같다. 모처럼 차도 없고 약속도 없으니 오늘은 집에서만 하루를 지내보기로 했다.

갑자기 무뎌진 색연필을 깎고 싶었다. 연필깎이를 찾다가 잘 열지 않는 서랍 속에서 '붕붕카파'라고 쓰여 있는 연필깎이를 찾았다. 아들의 이름이 붙어 있는 이것은 아들이 초등학교 때 쓰던 것이다. 맨 아래쪽 연필 가루통에 연필 깎은 쓰레기가 꽉 차 있다. 어림잡아 15년도 전 마지막 연필을 깎았을, 그 시간에 그대로 멈춰 있다. 꽉 차 있는 연필 가루는 집안을 잘 살피지도 못하고 바쁘게 뛰어다니던 시절이 고스란히 증거로 남아 있는 것만 같다. 직장 다니며 살림하고 또 틈틈이 글을 쓴다는 핑계로 매일매일이 얼마나 바빴을까. 연필 가루통을 비우고 구석구석 깨끗이 닦고 있자니 돌보지 못한 지난 시간을 쓰다듬고 있는 것만 같다. 또 연필깎이의 뽀얀 살이 드러나자 그 시절과 새로운 마음으로 대면하는 것만 같다.

그때는 설거지할 시간도 부족하여 그릇이란 그릇은 다 나와 있었고, 항상 어질러진 집에서 방방거리며 살았다. 먼지를 다 털어낸 후 색연필을 깎으니 긴 시간을 기다렸다는 듯이 잘도 깎인다. 많은 시간이 흘렀지만 녹슬지 않은 실력을 발휘한다. 그동안 둔하게 쓰던 색연필을 날렵하게 깎았으니 그림 그릴 때 세밀한 부분도 잘 그릴 수 있겠다.

'붕붕카퍄' 연필깎이를 찾은 기념으로 손바닥 스케치북을 펼치고 밑그림을 그린 후 색칠을 한다. 아들의 어린 시절과 내 젊은 시절의 시간을 복원시키기라도 한 것처럼 반가우면서도 애틋하고, 물건도 그림도 촌스럽지만 자꾸 바라보게 되고 만지작거리게 된다.

마음이 한가하니 색다르다. 이제부터는 한가한 시간을 많이 만들어야겠다. 잘 닦인 거실에 누워 가만있는 시간, 천천히 차 마시는 시간, 잊고 있던 서랍을 뒤지는 시간, 손바느질하는 시간, 필요 없는 물건과 작별하며 여유 있게 하나씩 버리는 시간을 더 많이 가져야겠다.

그동안 바쁘게만 살았으니 이젠 느리고 세심하게, 가보지 못한 길에 발자국을 찍었으면. 쓸 데도 없이 쌓아놓은 물건을 버리는 느낌도 좋지만, 붕붕카파처럼 추억으로 가득 찬 소중한 물건을 발굴해 내는 재미도 좋다.

나뭇가지를 태우며

몇 년 전 지인으로부터 드럼통을 받았다. 그냥 드럼통이 아닌 빈 깡통과 황토, 작은 돌로 채워서 만든 럭셔리한 드럼통 아궁이였는데 문제는 불을 땔 수 있게 장작을 넣는 곳이 너무 작게 뚫려 있었다. 효율성을 생각하다 보니 작아졌다고 했다. 그곳에 땔감을 넣고 때는 일도, 재를 긁어내는 일도 시간이 많이 걸릴 것 같았다. 드럼통을 포기할 수 없어 통을 채웠던 것들을 다 들어내고, 그냥 무엇이든 태울 수 있는 통으로 개조해 쓰기로 했다.

낙엽과 쌓여 있던 나뭇가지들을 태우기 시작했다. 그런데 그 무공해 불길이 아까워 고구마를 하나씩 던져 넣어 봤더니 맛있는 군고구마가 만들어졌다. 군고구마를 달게 먹으니, 고구마를 먹지도 못하는 남편은 마당 일을 마칠 때마다 내게 선물처럼 건네준다. 일상의 소품 같은 순간이 꽤 달콤하게 느껴진다. 마른 나뭇가지로 구워내는 군고구마는 처음이지만, 어딘지 모르게 낯이 익다. 마당다운 마당이 있었던 건 서너 살 때뿐이었으니, 아마도 그때의 추억일까. 기억은 없지만 낯익은 행복감이 뭔지 곰곰 생각의 뿌리를 더듬어본다.

　주택에서는 이런저런 태울 것들이 많이 나온다. 예를 들면 쑥쑥 자라는 감나무나 대추나무, 소나무, 매화나무는 자주 전지를 해줘야 한다. 또 들깻대나 철포나리 가지, 백일홍 가지가 제 할 일을 다한 후 시들고 마르면 다 잘라서 태워야 한다. 그러니 드럼통을 쓸 일이 많다. 점차 재미를 느껴 아는 분께 부탁해서 숯불을 아래에 넣고 석쇠를 올려서 무엇이든 구울 수 있는 걸 만들어 왔다. 석쇠 위에다 생선을 굽거나 김을 굽거나 가래떡을 굽는다. 집 안에서 생선을 굽고 나면 환기를 해도 냄새가 오래가는데, 밖에서 생선을 구우니 기름도 쏙 빠지면서 담백한 맛이 나고 집 안에 냄새도 배지 않아서 좋다. 김도 석쇠를 뒤집어가며 구우니 타지 않아서 김 본연의 단맛이 더 난다.

마당에서는 커피도 볶고 생선이나 김도 굽고, 무엇이든 마음만 먹으면 구울 수 있다. 전원을 배로 즐기는 방법은 마당에서 불을 지피는 일이다.

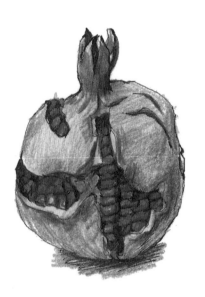

03

꽃잎 한 장의
귓속말

다시, 사람과 마음에 주목하다

그리스 문화의 원형인 호메로스의 『일리아스』에서는 인간의 필멸에 대해서 이야기했다. 그리고 인간은 반드시 멸하는 존재이기에 명예롭게 살다 가는 데 의미를 둔다고 해석하였다. 새롭게 태어나기 위한 죽음의 시간, 그렇기에 인간의 죽음은 '벽'이 아니라 또 다른 '문'이라고 생각했던 것이다. 작가들은 작품을 통하여 죽음을 미화하고 동경하며 생성을 꿈꾸게 하기도 하였다.

그러나 21세기 인간들은 불멸을 이야기하기 시작하였다. 인간의 지식과 기술의 발달과 축적은 초능력 인간을 만들 것이고, 이는 영원히 죽지 않을 수도 있다는 조심스럽고도 공포스러운 결론에 다다르게 한다. 비로소 인간은 우리가 믿고 의지

했던 신과 같은 능력을 가질 것이다. 전지전능한 인간은 먹지 않아도 배부를 것이며 일하지 않고도 부유할 것이다. 또 모든 정보를 손에 쥘 것이고 알고리즘은 나의 질문에 명쾌한 답을 줄 것이다.

모순되게도 인간은 많은 것을 가질 때보다 부족할 때 더 인간적이었다. 유년이 지금보다 가난했음에도 아름답고 따뜻하게 기억되는 면이 있듯이 말이다. 전지전능이라니, 인간답게 살기 위해 우리는 공부하며 글을 읽고 쓰지 않나? 과학자들조차 인간의 미래를 예측할 수 없다 하니 두려움도 막연할 뿐이다.

가상현실의 세상인 SNS에서 사람들은 자신의 글과 사진, 동영상 등을 올려 정보를 공유한다. 그런데 '소통'이라는 처음의 순수한 목적에서 벗어나 좀더 멋지게 포장하여 올리며 거기에 구속되고 피로감을 느끼기도 한다. 그러다가 어느 날 문득 생각한다. 나는 보여주기 위해서만 살고 있지는 않은가? 꾸밈없는 진짜 내 모습은 어디에 있는가?

또 쉽고 빠르게 다수의 사람들과 온라인에서 접속하는 게 편한 만큼 오프라인의 만남은 이제 불편하다고 생각한다. 그러나 보지 않고 대화하는 편리함과 가벼움 속에 극단의 말이 난무하기도 한다. 소통의 홍수 이면에는 오히려 불통이 깊숙이 뿌리 내리고 있는 것이다.

아마추어들의 플랫폼인 〈위키피디아〉는 성공을 거두었고, 전문가가 설계한 마이크로소프트의 〈엔카르타〉 디지털 백과사전은 실패했다. 또 시골 마을 할머니들이 한글을 깨치며 펴낸 시집이 완판을 기록했다. 이는 무엇을 의미하는가? 지금까지 높은 가치를 부여했던 '전문'이라는 고상한 구닥다리 용어보다는 '아마추어'의 부족함과 신선함에 시선이 쏠린다. 단단함보다는 말랑말랑한 융통성의 아날로그가 더 관심을 끌며 다시 사람과 마음에 주목한다. 가상현실보다 일대일 만남이 더 귀하고 정말 소중한 것이 무엇인지 자꾸 묻게 한다. 대량생산보다 한 땀 한 땀 정성 가득한 수제가 대접을 받는다. 직진과 가속에서는 놓치는 게 많았으니 구불구불한 골목길의 가치를 다시 생각하게 한다.

젖지 않는 감정처럼

아파트에 살 땐 비 오는 날은 그냥 궂은 날이었다. 마트에라도 가려면 옷에 빗물이나 구정물이 튀니 맑은 날이 좋았다. 그런데 이곳으로 이사 온 후로는 비 오는 날이 좋다. 비가 오면 힘이 없던 나뭇잎도 짱짱해지고 텃밭의 작물도 꼿꼿하게 허리를 편다. 새싹도 한 뼘씩 자라는 게 눈에 보인다. 장독대도 데크의 먼지도 씻겨 나간다. 우체통도 빨랫줄도 온통 목욕시킨 듯 깨끗해진다.

비가 오면 얼른 장화를 신고 우산을 펼친다. 마당을 천천히 돌며 서서히 생기가 도는 모습을 지켜본다. 풀잎 뒤로 숨은 나비도 만난다. 나뭇가지에서 잠시 비를 피하는 이름 모를 새를 발견한다. 홈통으로 빗물이 몰려와 부딪히는 소리도 경쾌하다. 집에서 비 오는 소리가 가장 크게 들리는 곳이다. 장화를 신었으니 웅덩이에서 첨벙거려도 염려 없다. 내친김에 대문 밖으로 나가 동네를 한 바퀴 돈다. 복숭아나무가 온몸으로 비를 맞고 있다. 동네를 심심하게 걷다 돌아오면 배가 고픈 듯도 하다. 텃밭으로 가서 풋것들을 따서 잘게 썰고 밀가루와 달걀을 넣어 전을 부친다. 한 장만 부치려고 준비했던 것이 서너 장도 넘게 넉넉해진다.

전을 부쳐 먹고 차를 한잔 마시며 음악을 듣는다. 기분을 밝게 해주는 바흐의 〈뮈제트 라장조〉나 영화 〈피아니스트〉 OST였던, 차분하면서도 애잔한 쇼팽의 〈녹턴 20번〉이 빗방울과 잘 어울린다. 감정을 어르는 데는 감정과 같은 결의 음악도 좋지만 다른 결의 음악도 도움이 되는 것을 느끼곤 하는데, 빗방울과는 가벼운 것도 무거운 것도 잘 맞는 것 같다. 또 송창식의 〈창밖에는 비 오고요〉나 이승훈의 〈비 오는 거리〉도 차례를 기다리고 있다. 비 놀이를 실컷 즐기다가 비가 그치면 고개를 들어 운무에 휩싸인 모악산을 바라본다. 강원도 여행 때 보았던 풍경이 그림처럼 펼쳐져 여기가 어디인지 잠깐 잊게 한다.

이렇게 비가 와서 씻어주면 마음을 따로 쓸고 닦지 않아도 된다. 비와 바람을 피하지 않고 흠뻑 맞은 곳은 삶의 때를 벗고 반짝거린다. 자연은 그렇게 알아서 씻고 알아서 자라고 알아서 열매 맺고 알아서 진다.

파리에 처음 갔을 때 가장 인상적이었던 건 비가 많이 내려도 우산을 받지 않고 하던 일을 계속하는 사람들의 모습이었다. 안경에 비가 흘러도 개의치 않고 대화를 이어가던 모습이 아직도 눈에 선하다. 아마도 그들에게 비는 햇빛이나 달빛처럼 자연의 일부분이어서 놀라지도 않고 비 맞는 걸 당연하게 느끼는 것이 아닐까. 그렇다면 얼마나 낭만적인가. 그 후부터 나도 비를 대하는 자세가 달라졌다.

파리 사람들은 그냥 비를 맞더군
여전히
나무와 나무 사이에서 자라는 나무
건물과 건물 사이에서 자라는 건물
사람과 사람 사이에서 자라는 사람
비를 맞으면서도 울고 비를 맞으면서도 작별하고

비를 맞으면서도 사랑하고 비를 맞으면서도 웃고

비가 쏟아져도 달라지는 거 없이

햇빛처럼 달빛처럼 함박눈처럼

젖지 않는 감정처럼

그냥 맞고 있더군

－「비는 그냥 비」 전문

슈가맨

전주엔 독립영화관이 있다. 2009년에 개관했으니 꽤 시간의 더께가 쌓였다. 봄이면 국제영화제가 열리기도 한다. 오래전 후원회원이 되었는데 후원회원 초청 시사회나 상영했던 영화 중 다시 보고 싶은 영화로 선정된 작품은 무료로 볼 수 있으니 시간이 나면 혼자라도 가서 본다.

영화광은 아니지만 하루에 세 편까지 몰아서 본 적도 있다. 처음엔 독립영화관의 존재가 잘 알려지지 않아 모르는 사람 한 명과 단둘이서만 본 적도 있고, 100석쯤 되는 작은 극장을 반 채우기도 어려웠었다. 그러나 지금은 후원회원도 많아지고 매번 북적이는 풍경을 보면 독립영화관을 아끼는 사람으로서 뿌듯하다. 나이를 불문하고 독립영화관을 사랑하는 사람들이 혼자 와서 팝콘이나 콜라도 없이 영화만을 즐기고 간다는 느낌이 좋다.

항상 깔끔하고 차분한 분위기지만 언젠가 다른 지역에 사는 친구들에게 독립영화관 자랑도 할 겸 함께 영화를 본 적이 있는데 스크린도 작고 영상도 흐리고 영화도 무슨 내용인지 모르겠다며 시큰둥해했다. 단 한 번도 생각해 보지 못했던 점이다. 사람마다 취향이 얼마나 다른지 확실하게 알게 되었다. 그러나 난 지금도 큰 극장의 대형 스크린보다 독립영화관의 작은 스크린이 더 편안하고 뻔하지 않은 스토리에 끌린다.

또 1층 자료실에선 지나간 영화를 언제든 무료로 볼 수 있다. 시간만 된다면 매일이라도 가고 싶지만 그러지는 못하고 틈틈이 보러 간다. 일반 영화관에서 영화를 볼 땐 어떤 영화인지 대충은 알고 가지만 독립영화관에 갈 때는 스포일러가 싫어 시작 시간만 확인하고 일부러 내용도 상영 시간도 모른 채 갈 때가 많다. 가장 재미없는 영화는 떠들썩하게 홍보해 놔서 오히려 보고 나면 김빠진 맥주가 되는 작품이다. 그러니 내용을 모르고 가면 몰입도 잘되고, 보고 나서 대부분 더 만족하게 된다.

언젠가는 영화가 끝나고 엔딩 장면에서 나오려는데, 이어서 계속되는 영화도 있었다. 물론 거기에서 끝나도 손색이 없었지만, 영화는 계속되었다. 아주 짧은 영화도 있고 세 시간이 넘는 영화도 있고 실험적인 영화가 많다. 퀴어 영화나 페미니즘 영화, 다큐 영화도 자주 볼 수 있다.

가장 기억에 남는 보석 같은 영화는 말릭 벤젤룰 감독의 〈서칭 포 슈가맨〉이다. 다큐멘터리 음악영화인 이 작품은 당시 남아공에서 엘비스 프레슬리보다 더 사랑을 받았으나 단 두 장의 앨범만을 남기고 사라져 버린 뮤지션 '로드리게즈'의 이야기이다. 그의 음반은 남아공에서 여전히 사랑을 받으며 치유와 희망의 음악으로 존재하고 있지만, 그를 어디에서도 찾을 수가 없었다. 열성 팬이 몇 년간 추적해 보니 그는 미국 디트로이트에서 사람들로부터 잊힌 채 일용노동자로 살고 있었다. 그러나 그는 여전히 음악을 사랑하는 사람이었다. 평생을 기다려왔을 무대에 다시 서며 팬들의 큰 박수를 받았지만, 그는 노동자로 돌아갔고 극과 극의 현실을 평온하게 받아들일 뿐이었다. 자신에게 주어진 삶을 겸허히 받아들였던 로드리게즈가 지금도 가끔 떠오른다.

몇 년 전 방송했던 〈슈가맨〉이라는 TV 프로그램은 한 시대를 풍미했으나 지금은 사라진 가수를 찾고 그들의 히트곡을 새로운 버전으로 재탄생시키는 내용이었는데, 이 영화에서 이름을 가져오지 않았을까 짐작해 본다.

진실과 거짓의 구분을 뭉개며 계속 정체성을 질문하는 영화인 홍상수 감독의 〈당신 자신과 당신의 것〉, 또 김희정 감독의 〈프랑스 여자〉는 프랑스에도 한국에도 정박하지 못하는 경계인 이야기로, 현실에 엄연히 존재하는 사라지지 않은 과거에 대해 생각하게 하는 영화였다.

후원회원을 대상으로 미개봉작을 소개하는 쇼케이스 영화와 이름 없는 감독들의 작품도 많이 보여준다. 상영 후에는 가끔 감독들이 와서 질문을 받으며 영화 속 비밀과 다양한 해석을 들려주기도 한다. 관람 후 소통의 시간이 없었다면 전혀 생각지도 못할 풍성한 이야기들이 자연스럽게 펼쳐지는 시간이기도 하다.

미디어가 발달해 있는 현대는 오히려 자신이 관심 있는 채널에만 맞추다 보니 나와 다른 의견을 접할 기회가 줄어드는 것 같다. 그래서 '다른' 것을 '틀리다'고 간주하게 된다. 그런 면에서 한 편의 영화를 보고 서로 모르는 사람들의 의견에 귀를 기울이는 시간은 귀하다.

　다양한 곳을 바라보게 하고 다른 것을 생각할 수 있게 하는 독립영화관은, 옳다.

상실의 계절

여름의 끝자락에서 열무를 솎았다. 슬쩍슬쩍 보고 지나치며 '잘 크네' 생각했는데 꽤 촘촘히 자라고 있었다. 실한 건 놔두고 무녀리를 뽑아 우물에서 두세 번 씻었다. 그리고 살짝 삶아서 반은 국간장과 고소한 참기름으로 무치고 반은 된장국을 끓였다. 여린 잎이라서 입에서 살살 녹았다.

어제까지 하루키의 『상실의 시대』를 다 읽고 오늘은 『먼 북소리』를 읽으며 나도 그리스의 크레타나 이탈리아의 로마나 혹은 파리에서의 긴 여행을 꿈꾼다. 하루키는 등단작이었던 『바람의 노래를 들어라』가 주목을 받았음에도 신인에게 주는 아쿠타가와상을 받지 못했다. 여론에서는 끊임없이 아쿠타가

와상을 왜 수상하지 못했을까를 논하며 입방아를 찧었다.

　물론 하루키는 그런 거에 관심이 없었다고나 할까. 평론가들과 문단 권력에 휩쓸리지 않겠다는 고집이 있었던 듯싶다. 아마도 그런 것들이 체질상 맞지 않았을 것이다. 하루키는 몇 권의 책을 쓴 후 3년 동안 그리스와 이탈리아 등에 머물며 쉬지 않고 글을 썼다. 그리고 『상실의 시대』와 『댄스 댄스 댄스』, 두 권의 장편소설과 몇 편의 단편소설을 썼다. 전화기도 아는 사람도 없는 곳에서 아내와 함께 지내며 쓰는 것에만 몰두했다는 그의 충만했을 하루하루가 내게도 전해진다.

　책을 읽다가 맑은 가을바람을 맞고 싶어 마당으로 나간다. 오늘은 앞집, 옆집, 윗집, 뒷집까지 차가 한 대도 없다. 다들 집을 비워 더 고요한 한낮이다. 금목서가 작년 겨울 추위에 상해서 걱정했는데 그래도 꽃을 피워 향기가 은은하게 번진다. 흡흡, 향기를 맡으며 마당을 한 바퀴, 두 바퀴 돈다. 봄에 사다 심은 장미가 두 번째 꽃을 피운다. 뒷마당엔 구절초가 말갛게 피어 있다.

　집 안으로 들어가 커피를 가지고 나온다. 르완다에서 온 그린빈은 약간 산미가 있다. 르완다에 다녀온 지인이 선물하며, 그곳은 생두가 몇천 원에 한 가마라고 했다. 생두를 갖다 달라고 미리 주문했는데도 답이 없어서 찾아갔더니 생두만 수북이 쌓여 있어 일행들이 봉지에 담아 왔다고 했다. 아직 가공이나 포장이나 배달의 개념이 없는, 가보지 않은 르완다가 그립다.

입 안에 산미를 굴리며 하루키가 좋아했던 비틀스의 〈노르웨이 숲〉을 듣는다. 『상실의 시대』는 『노르웨이 숲』으로도 책이 만들어졌는데, 비틀스의 〈노르웨이 숲〉이 이 소설의 모티브가 되었다고 한다. 아침에 일어나니 지난밤 자신을 유혹했던 여자는 새처럼 날아가 버리고 없다는 상실감을 노래한 이 곡은 듣고 있지 않을 때도 흥얼거리게 하는 마력이 있다. 굳이 그 여자가 아니더라도 상실감은 항상 나와 함께한다. 자고 나면 어제가 사라져 버리고 꽃은 빨리 지고 오래 붙잡고 싶은 순간은 왜 더 빠르게 지나가 버리는지.

영원히 손에 쥘 수 있는 건 없고 시간이든 사람이든 잠깐 있다 가는 게 진리다. 그렇다고 하여 곧 지나갈 '지금'에 소홀할 수는 없다. 글을 완성하기까지 지워져 버릴 수많은 문장에도 매 순간 최선을 다해야 하는 것처럼, 자취가 없어지고 잊힐 걸 알지만 그래도 '오늘'에 충실해야 한다.

끙끙 앓을 때조차 치유에 기여하는 시간일 수 있으며 아무것도 하지 않고 있는 시간은 무엇을 할 시간을 위한 버팀목의 시간일 수도 있다. 최선을 다한 지난날 위에 단단한 현재가 세워진다고 믿는다. 금목서도 일주일쯤 힘껏 꽃을 피운 다음에는 지겠지만, 내가 보았던 색깔과 콧속으로 굴러들어 온 향기는 언제든 불러낼 수 있지 않은가. 색깔과 향기의 기억이 옅어질 즈음 또 꽃은 찾아오고, 결국 살아남은 인간 유전자처럼 필멸은 순환하면서 불멸을 남긴다.

내년 봄이 기다려지는 이유

　　　　　　　　　　　　주택에 살면 좋은 점 중 하나는 이웃들과 식물을 나눌 수 있다는 것이다. 마당에 핀 꽃을 보며 예쁘다고 말하면 몇 포기는 기본으로 나눠준다. 어느 땐 좀 과하다 싶게 많이 받아 올 때도 있다. 상추 모종을 큰 삽으로 떠서 가져오기도 한다.

　몇 년 전 중인리 쪽에서 모악산 계곡길을 오르려는데, 담도 없는 동네 마지막 집에 금낭화가 무더기로 탐스럽게 피어 있었다. 용기를 내어 우리 집에 있는 것과 바꿀 수 있냐고 했더니 초봄에 다시 오라고 했다. 초봄을 기다려서 매발톱 몇 포기를 가지고 갔더니, 한쪽에 있는 금낭화 한 포기를 떠주었다. 물론 이사 온 금낭화는 우리 집 마당에서도 꽃을 예쁘게 피웠고, 해가

갈수록 포기가 더 늘고 있다.

씨앗 나눔 온라인 카페에서도 많은 씨앗을 얻곤 하는데, 오백 원이나 천 원만 입금하면 씨앗을 보내준다. 그 적은 돈은 우표와 편지 봉투값이라고 하지만, 값진 정성으로 그냥 나눠주는 거다. 나눔을 하고 싶은 사람은 꽃이 피었을 때의 사진을 카페에 올려놓고 신청을 받는다. 재수가 좋을 땐 귀한 씨앗을 받을 수도 있다. 좀 늦게 열어보면 이미 완료가 되어 침만 흘릴 때도 있다.

한번은 홍초 구근을 20명에게 나누고 싶다면서, 택배비도 본인이 부담해서 한 상자씩 보내준 마음 넉넉한 사람도 있었다. 배송료라도 보내드리겠다고 했더니, 그동안 카페에서 받은 고마움에 조금이나마 답하고 싶다면서 한사코 거절하였다. 어쨌든 홍초가 필 때마다 얼굴도 모르는 고마운 분을 생각한다. 주소를 받아서 편지 봉투나 상자에 담아 포장을 하고 우체국에 가서 보낸다는 건 보통 정성이 아니다. 꽃을 사랑하는 마음이 없다면 불가능한 일이다. 특히 꽃밭을 가꾸는 사람들은 내 씨앗이나 구근이 누군가의 집에서 예쁘게 꽃 피우는 걸 좋아한다.

그러나 주신 분들의 고마운 마음에 답하지 못할 때도 있다.

예전에 내가 없을 때, 마당 공사를 하던 분이 시멘트로 귀한 구근을 덮어버리기도 했었다. 속상함은 이루 말할 수 없었고, 나눠주신 분에게 미안한 마음이 컸다.

동네 목욕탕에 제주 수선화인 듯한 게 꽃을 피웠다. 엎드려 향기를 맡아보니 정말 '금잔옥대'라고도 부르는 제주 수선화 같았다. 추사 김정희가 유배 시절 지극히 사랑했다는 제주 수선화는 육지보다 빠른 2월에 꽃을 피우는데, 키가 크고 꽃은 작으면서 향이 얼마나 좋은지 모른다. 또 꺾어서 물에 꽂아도 오래간다. 그런데 육지에 옮겨 심으니 꽃을 피우지 않더라는 말을 들은 적이 있다. 그 꽃인 것 같다는 생각과 또 아니어도 상관없다는 생각을 하고는 집에서 매발톱과 다른 꽃을 두어 가지 더 가지고 목욕탕 주인에게 갔다. 자초지종을 말하고 몇 포기만 달라고 했더니 흔쾌히 주었다. 그리고 그다음 해에 드디어 싹이 나오고 꽃을 피웠다. 한 대에 세 송이의 늠름한 꽃이 피어 모두 아홉 송이의 꽃을 보여주었다. 향도 좋았고 꽃이 오래 피어 있었다. 알고 보니 윈스턴 처칠 수선화였다.

이른 봄에 나오는 새싹과 봄부터 가을까지 차례차례 피는 꽃을 들여다보는 재미로, 한 해가 금방 지나간다. 또 겨울은 겨울대로 빈 마당에서 잠시 쉼을 생각하며 다시 올 새봄을 기다리는 침묵의 시간을 나도 함께 통과한다. 침묵의 시간은 사람이든 나무든 깊어지기에 좋은 시간이다. 잠시 성장을 멈춘 것 같지만 뿌리는 더 깊고 넓어진다. 12월과 1월, 쉼의 시간을 지나면 2월부터는 벌써 땅을 뚫고 새싹이 올라오는 게 보이기 시작한다. 나무의 꽃눈도 발갛게 부풀어 올라 금방이라도 꽃을 보여줄 태세다. 마당은 이렇게 같은 자리에서 돌고 돈다. 그래도 지루하지 않다.

슬픈 감정만 울음을 불러오는 게 아니잖아요

뒷집 아저씨는 동물을 좋아하는 것 같다. 개를 키웠고 토끼를 키웠고 지금은 닭을 키운다. 지금까지 키운 것 중에선 닭이 가장 번성하는 듯하다. 한번은 어미를 떼어놓은 어린 강아지를 주차장에 묶어놨는데, 시도 때도 없이 찡얼거렸다. 창문을 열어야 하는 계절, 하필 손님이 와 있을 때 밤에 깊은 잠을 잘 수 없을까 봐 난감했던 적도 있다. 그래도 어쩌겠는가, 말 한마디 하지 못했다. 강아지가 안쓰러워 주인이 없을 때 간식을 한 번씩 줬더니 날 보면 꼬리를 흔들곤 했다.

그렇게 이것저것을 키우더니 다 없애고 요즘엔 닭만을 키우는 중이다. 그런데 닭을 풀어놓을 때가 있다. 닭들은 낮은 담을 넘어 우리 집 텃밭을 밟아대고 똥을 쌌다. 여러 번 참다가 이번엔 더 이상 안 되겠다 싶어, 닭이 넘어오지 않게 해달라고 부탁했다. 한두 번 더 넘어오더니 요즘엔 넘어오지 않는다. 다만, 닭 울음소리가 넘어온다. 닭 울음소리는 시도 때도 없다. 새벽 1시에도, 새벽 3시에도 목청껏 운다. 또 멀리서 닭 우는 소리가 들리면 꼭 화답을 한다. 그 소리는 오랫동안 지속된다. 도심의 아파트를 떠나면 차 소리나 층간 소음이 없는 대신 이런 동물 소리가 소음이 될 때가 있다.

색소폰을 편하게 불려고 한적한 시골로 이사를 간 사람이 있는데, 동네 사람들의 항의로 집에서 불지 못한다는 얘기를 들었다. 시골 마을에 울려 퍼지는 색소폰 소리는 그야말로 고요함을 깨뜨리는 공해일 것이다. 방음장치를 한다면 몰라도. 그러니 시골에 들어가서 악기를 하겠다는 생각은 큰 오산이다. 조용한 곳에서는 악기 소리가 더 크게 들린다. 심지어는 피리 소리도 소음이다. 잘하든 못하든 열린 창문으로 들어오는 피리 소리를 계속 따라가야 하니, 생활 속으로 미세하게 침투하는 신경 쓰이는 잡음일 뿐이다.

여기는 조용한 마을입니다/ 차 소리도 사람 소리도 없는 곳이죠/ 다만 뒷집에서 닭을 열 마리쯤 키우기 시작했죠/ 그때부터 마을은 달라졌죠/ 새벽 네 시 화장실 가는데 닭이 울며 따라오네요/ 날이 밝기도 전에 하루를 울음으로 시작하는 셈이죠/ 닭이 울지 않으면 나도 쉬고/ 닭이 울면 나도 닭장에 근무하는 느낌이죠/ 한 마리가 울면 화답하듯 같이 울어주는 닭의 세계/ 창문을 꽁꽁 닫아걸어도 냄새보다 치밀하게 침투하던/ 훌쩍이는 소리의 기억을 깨우기도 하죠/ 살을 찢고 들어와 단잠을 깨뜨리는 울음/ (……) / 버릇없는 닭들은 무례하게 담을 넘고/ 우리 집 텃밭은 가녀린 발가락에 무참히 짓밟히죠/ 자지러지게 우는 건 뭐죠 장대를 들고 쫓아가선가/ 때리기도 전에 담을 넘어가는 닭들에게 묻고 싶어요/ 울음이 전부인 생을 몰아내는 일이 일과가 되었어요/ 슬픈 감정만 울음을 불러오는 게 아니잖아요/ 노여움도 기쁨도 사랑도 극에 달하면 울음이 터져 나오죠/ 도망치며 우는 울음은 왠지 웃음 같기도 해요/ 어떤 울음 앞에선 슬픔도 나누지 못한다는 걸 알게 되죠/ 이곳도 조용할 때가 있긴 있어요/ 단체로 곡을 한 후 울음을 뚝 그칠 때/ 한 마리가 다시 울고/ 닭들이 따라 울길 기다리기까지/ 천지가 고요한 마을입니다

–「닭이 있는 마을」 부분

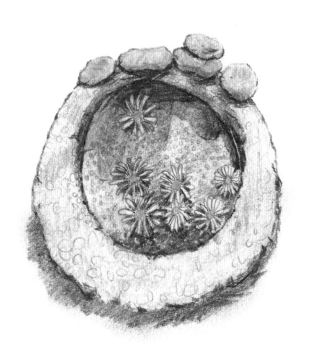

레트로, 뉴트로

오래된 것이 좋다. 오래된 물건은 자연에 가깝다. 대부분 흙이나 나무, 돌, 놋, 광목, 목화솜 등으로 만들었으니 말이다. 친정어머니가 혼수로 장만해 오신 횟댓보와 앞치마, 할아버지가 쓰시던 놋대야, 사기그릇, 시어머님이 쓰시던 오동나무 이단 장, 다듬잇돌, 돌확, 둥근 소반, 목단그림이 있는 꿀단지, 나무 찬합, 장독. 그러고 보니 참 많이도 가지고 있다. 친정이나 시집, 어디에서든 나처럼 옛날 물건에 욕심내는 사람이 없어서 많이도 모았다.

시어머님의 오동나무 장은 이제 거의 90년 가까이 된 것 같다. 돌아가시기 전까지 쓰시던 물건이니 여기저기 상처가 많았다. 그래서 남부시장에서 거금을 들여 옻을 칠하고 사라진

손잡이도 달아 2층에 놓으니 없애지 않길 잘했다는 생각이 든다. 손님들에게 가구에 얽힌 이야기를 들려줄 수 있어서 좋다. 'Sweet Home'이라고 쓰여 있는 친정어머니의 횃댓보에는 십자수가 놓여 있다. 60년이 좀 넘은 것 같다. 오래된 것이지만 꽃과 새의 조화가 지금 보아도 고급스럽다. 긴긴밤 동네 큰애기들이 모여 자수를 놓으며 수다를 떨고 또 장차 맞을 신랑감을 상상하기도 했을, 그 순진한 시간의 흔적이 다 묻어 나온다.

내가 고등학생 때 수놓은 것들을 찾아보니 오히려 천도 실도 그만 못하다. 횃댓보는 창문을 다 덮는 크기여서 지금은 커튼으로 사용하고 있다. 어릴 적 사용하던 밀크글라스나 백자를 닮은 밥공기도 참 좋다. 아마도 스테인리스 그릇이 나오기 전까지 흔하게 사용하던 그릇들이 아니었을까. 한때 촌스럽다고 다 버리고 이제 몇 개 남지 않았다. 누군가 옛날 이불을 버린다고 하면 가져와 솜틀집에 맡기거나 내가 손질한다. 햇볕에 말리고 이불보를 새로 장만하여 쓰면 다시 새 이불이 된다. 요즘 파는 이불보다 낫다고 생각하며 잘 쓴다.

하긴 요즘 '뉴트로new-tro'라고 하여 복고를 새롭게 즐기는 현상이 있지 않은가. 레트로스펙트retrospect의 줄임말인 '레트로'가 복고를 지향하며 과거의 향수를 그리워한다면, 뉴트로는 현재의 감성에 맞게 재해석함을 의미한다. 음악과 영화, 패션, 인테리어 등 대중문화 전반에 복고 열풍이 불고 있다. 요즘 젊은이들은 70년대 것, 그러니까 경험하지 않은 과거의 의상과 먹거리 등을 새롭게 받아들이며 열광한다. 자연스러움과 촌스러움, 느림의 아날로그 감성을 젊은이들이 찾아 소비하고 있다.

유행은 역시 돌고 돌지만, 요즘처럼 복고가 사랑받는 때는 없었던 것 같다. 창고나 목욕탕을 옛날 모습은 그대로 둔 채 개조하여 카페로 새롭게 쓰고 있는 모습을 자주 볼 수 있다. 옛날집의 형태를 최대한 남기고 최소한만 개조하여 사는 사람들도 늘고 있다. 옛것의 감성을 재발견한 것이다. 옛것의 정서가 사라져 가는 것을 안타까워하고 있는 것이다. 옛날 정미소나 옛날 슈퍼를 사진이나 그림으로 기록하는 이들도 있다. 한때 옛것은 다 버리거나 허물고, 새것만을 최고로 치던 때가 있었다. 그러나 추억은 낡았어도 닦아놓고 보니 빛이 나고 새로운 것에서는 찾을 수 없는 익숙한 아름다움이 덕지덕지 묻어 있음을 알게 된 것이다.

　그러나 나의 복고 열풍은 지금의 유행과는 별개이다. 오래전부터 옛날 물건이라면 버려진 것도 다시 보는 버릇이 있다. 누군가가 버린 옛날 접시나 단지를 아무 거리낌도 없이 주워다 쓰고 부모님이 쓰시던 물건들을 끌어모아 간직하며 잘 쓰고 있다. 마당에 있는 돌확은 시어머님이 고추를 갈아 김치를 담그고, 도토리를 갈아 도토리묵을 해주셨던 것이다. 그 돌확은 내가 아파트로 가져와 한때 금붕어를 키웠고 다시 이곳으로 와선 노랑어리연 몇 포기가 자리를 잡고 있다. 나무 찬합은 소풍 갈 때 김밥을 담으면 어디에서도 보지 못할 특별한 도시락으로 멋을 내며 쓸 수 있다. 소반은 눈길 닿는 곳에 그냥 올려놓고 보기만 해도 좋다. 장독엔 가을에 시골에서 따 온 먹시를 넣어두고 겨울에 하나씩 꺼내 먹거나 동치미를 담아둘 때도 있다. 장독도 옛날 독이 숨을 쉬니 무엇이든 더 신선하게 보관하는 것 같다.
　가짜가 없다. 오래오래 써도 사람에게 해가 없다. 옛날 것은,

서재를 떠나다

벌써 몇 년이 된 이야기지만, 드디어 쓸 만한 노트북을 마련한 후부터 노트북 예찬론자가 되었다. 14인치의 경량이다 보니 들고 다니기에도 무리가 없고 아무 데서나 펼치기도 쉽다. 그러니 서재의 컴퓨터와 휴대용 노트북을 대하는 무게감은 다를 수밖에 없다. 서재는 일단 문을 열고 들어가야 하는 공간이다 보니 긴 시간 일을 하겠다는 결심이 필요하다. 결심이 서기까지 준비해야 할 것도 많다. 그런 무게감을 벗어나 언제 어디서든 가볍게 대해도 되는 노트북을 진즉 살걸.

이젠 주로 식탁에 펼쳐놓고 언제든 떠오르는 것을 바로 메모한다. 누워 있다가도 일하다가도 떠오르는 생각을 얼른 노트북에 저장한다. 노트와 연필을 가지고 다닐 때보다 더 편리하다.

펜으로 기록하면 교정이 수월하지 않고 다시 노트북에 옮겨야 하는 불편함이 있지만, 노트북은 그때그때 쓰고 다듬을 수 있으니 이보다 좋은 필기구는 없다. 또 마당이 서재가 될 수도 있고 카페가 서재가 될 수도 있다.

분위기 전환이 필요하면 노트북을 들고 마을 입구 카페에 간다. 잔잔한 음악과 커피 한 잔을 앞에 두고 두어 시간쯤 집중하다 보면 밀린 일을 단숨에 해결한다. 파도 소리나 바람 소리, 빗소리, 새소리처럼 넓은 음폭을 가지고 있어서 금방 귀에 익숙해지고 일상에 방해되지 않는 소리를 백색소음이라고 한다. 사실 카페의 음악 소리는 이와 반대의 개념인 컬러소음이지만 일에 집중하면 잘 들리지 않고 오히려 안정감을 주어 집중력을 높이는 데 도움을 주는 것 같다.

젊은이들이 집이나 독서실보다는 카페를 선호하는 이유도 여기에 있다고 본다. 집에서 듣는 음악은 아무래도 내 취향이므로 귀를 기울이게 하는 컬러소음이다. 또 방해하는 사람이 없어도 눈에 드러나는 자잘한 집안일이 집중을 방해한다. 매일 살고 있는 집이라는 곳은 정리를 한다고 해도 익숙한 물건들이 너저분하게 널려 있기 마련이다. 일할 땐 그것들이 더 눈에 띄어 거슬리기도 한다.

　또 미용실에 가거나 자동차 정비하러 갈 때, 가져간 노트북이 자투리 시간의 진가를 보여준다. 파마하는 긴 시간, 한두 시간 기다려야 하는 자동차 정비 시간은 집에 갔다 오기도 그렇고 해서 핸드폰만 만지작거리게 된다. 그럴 때 가져간 노트북은 긴 시간도 지루하지 않게 만들어준다. 노트북이 있다면 어디든 서재나 영화관이 되고, 마음만 먹으면 무엇이든 할 수 있다.

지난해의 꽃은 어디에 있나

열어놓은 창으로 돌진해 들어온 꼬리박각시
용케도 꽃무늬 모양 압정에 자꾸만 주둥이를 꽂는다
이토록 오래 피어 있는
아닌 꽃이 잠시 꽃이 되어주는 순간이다
그토록 먼 길 걸어와
향기 없는 꽃을 속아주는 순간이다

-「꽃밭」 전문

30대 초반의 어느 이른 봄, 난생처음 다압마을에 간 적이 있
다. 내가 사는 곳엔 아직 겨울이 남아 있었는데 두 시간여 걸려
내려간 아랫마을 다압은 매화가 만개했었다. 세상 밖에 와 있
는 것 같은 착각에 빠질 정도였으니 그 놀라움은 컸다. 나는 까

마득히 모르고 있었지만 그곳의 매화나무는 해마다 이른 계절의 꽃을 피우고 있었던 것이다.

내가 해찰하느라 읽지 못한 글 또한 마찬가지겠다. 읽어주는 사람이 없어도 쉬지 않고 연마하며 꽃 한 송이를 꿈꾸어 왔을 것이다. 매화나무가 누가 보아주지 않아도 묵묵히 자신의 꽃대를 밀어 올렸듯이 작가는 글쓰기를 포기하지 않고 묵묵히 온몸으로 밀고 갈 뿐이다.

내가 보지 못한 지난해의 꽃은 어디에 있나? 꽃은 그냥 피었다 졌을 뿐인 것 같지만, 시든 꽃은 이미 소멸되어 없어진 것 같지만, 가지에 잎사귀에 열매에 나비 날개에, 또 바람의 무늬에 이미 각인되어 있다. 지금 보고 있는 꽃 한 송이에는 내가 보지 못한 꽃의 모든 시간까지 다 들어 있는 것이다. 어느 시인이 그랬던가. 한 사람이 온다는 건 한 사람의 일생이 오는 것이라고. 작가가 발표한 글 한 편에는 그의 온 생의 경험이 다 묻어 있음은 물론이다. 또 수십 수백 권의 책을 딛고 한 권의 책이 탄생한다. 지나간 것들은 사라져 버린 게 아니라 지금, 여기에 스며 있다.

노인을 '위대한 스토리텔러'라고 한다. 사람이든 사물이든 자연이든 오래된 것 속에는 그들만의 진지하고도 치열한 이야기가 살아 있다. 노인을 딛고 젊은이가 일어선다. 젊은이는 노인이 되어 또 젊은이를 일어서게 한다.

미술사적으로 보면 고흐는 쇠라나 루벤스의 영향을 받았고, 피카소는 세잔의 영향을 받았다. 광기 어린 천재 빈센트 반 고흐도, 20세기를 대표하는 입체파 화가 파블로 피카소도 무에서 유를 창조하지는 않았다. 지나간 시대 또는 같은 세기의 창작자들로부터 끊임없는 예술적 영감을 받아 새롭게 자신의 영역을 구축했다.

지나온 길을 돌아본다. 디딤돌을 거꾸로 밟아 거슬러 올라가며 하나하나 눈 맞추고 손을 잡아본다. 모든 순간, 고통스러웠던 시간까지도 지금 이 자리에서 바라보니 꼭 필요했던 나의 일부이다. 한 장의 편지가, 한 권의 책이, 한 사람의 인연이, 한 장면이 지금도 거기에 엎드려 있다. 나는 그 모든 것을 딛고 여기까지 왔다.

나는 누구의 디딤돌이 될 수 있을까? 아프고도 기쁘게 밟고 지나갈 수 있도록 나의 등은 단단한가?

지난겨울의 폭설과 혹한을 지나온 봄꽃들은 또 얼마나 당당하고도 향기롭게 피어 천지를 희희낙락하게 할지. 자신의 온 생애를 걸고 속닥거리는 꽃잎 한 장의 귓속말이 너무 간지러워 또 무엇을 끄적이고 있다.

04

붙잡고 일어서기에도
좋은 곳

모과나무 이야기

큰 모과나무를 사서 앞마당에 심을 땐 저 나무에 모과가 열리면 어떻게 딸까를 걱정했다. 다음 해 봄이 오자 꽃이 피고 떨어지며 그 자리에 열매가 맺히기 시작했다. 가을이 깊어지며 모과는 노랗게 익어갔다. 그러자 처음 심었을 때 했던 염려가 다시 찾아왔다. 나무에 올라가서 따야 하나, 아니면 감을 따듯 긴 장대로 따야 하나. 그러던 어느 날 노랗게 익은 모과 한 개가 툭, 떨어졌다. 약을 하지 않아 열매가 부실한가 보다 생각하고 떨어진 모과를 식탁에 두었는데 향기가 참 좋았다.

어느 날 또 잘 익은 모과 한 개가 툭, 떨어졌다. 그 모과는 마침 지나가는 이웃에게 향기와 함께 건네주었다. 그 후로도 어느 날은 세 개가 떨어지고 또 어느 날은 한 개가 떨어졌다. 모았다가 그즈음 만나는 사람들에게 나눠줬다. 그때 모과를 받았던 한 지인은 차 안에 뒀더니 향기가 한 달 갔다는 말을 하기도 했다. 썩을 때까지 바라보고 향을 맡는 일이 좋을 때도 있지만 부지런을 떨 때는 썰어서 말리기도 한다. 말린 모과 몇 조각을 뜨거운 물에 우려 마시면 약간의 단맛과 신맛에 진한 향이 더해진다. 또 설탕에 재어놨다가 뜨거운 물을 부어 마시면 모과 향 위로 솔잎 향이 얹어지는 듯하다. 모과차는 몸이 으슬으슬 추울 때 뜨겁게 마시면 온몸이 따뜻해진다.

모과의 형편이야 잘은 모르겠지만 모과는 나에게 하나씩 열매를 던져주는 듯했다. 첫눈이 올 때까지 모과나무는 대부분의 모과를 제 손에서 놓아주지만, 두세 개는 여전히 쥐고 있다. 잘 익은 노오란 모과의 윗부분에 눈이 쌓이면 마치 모과나무가 등불을 들고 있는 것처럼 환하게 빛난다. 나중까지 달려 있던 모과는 눈을 몇 차례 맞고 나서야 바닥으로 떨어진다. 이제 모과나무는 봄이 올 때까지 가끔 흰 눈이나 받을 뿐 내면으로 침잠한다.

동네 입구에도 모과나무가 있는 집이 있다. 그 집 안주인은 모과나무 때문에 땅을 샀다고 했다. 그 기분을 알 것 같다. 모과나무는 사람을 그냥 지나치지 못하게 한다. 매끈한 나무줄기에 손을 대보게도 하고 열매가 익어갈 땐 한 개쯤은 주워갈 수 있을 것도 같아 괜히 근처를 서성이게 한다.

이른 봄에 어린잎이 나올 땐 나무를 올려다보며 감탄사를 연발한다. 모든 싹은 다 예쁘지만 제법 단단해 보이는 나뭇가지를 뚫고 뾰족 나오는 모과나무 싹은 꽃보다 예쁘다. 조금 있으면 꽃이 수줍게 달리고, 그 꽃이 떨어지면서 모과가 맺힌다. 모과가 가뭄이나 더위를 잘 견뎌 살을 찌우고 시월에 무사히 당도하면 노랗게 익으면서 다시 하나씩 몸을 던진다. 그렇게 모과의 사계를 지켜보다 보면 어느새 1년이 훌쩍 지나간다.

마을 깊숙이 들어가면 복숭아 과수원, 배 과수원이 있는데 그곳은 절대농지라서 집을 지을 수 없다. 대부분 오래전부터 이곳에 살았던 사람들이 지금까지 농사를 짓고 있다. 가을에

그곳에 가면 감나무가 무겁게 감을 달고 있고 길가에선 결명자가 까만 열매를 아무렇게나 주렁주렁 달고 있다. 그 과수원 중에 봄과 여름엔 머위가 지천이고, 가을엔 오래된 모과나무 한 그루가 길가에 서서 큰 열매를 마구 떨어뜨려 주는 곳이 있다. 주인은 농사일로 바빠서 머위도 모과도 은행도 달린 채, 떨어진 채 수확을 하지 못한다. 그러니 필요하면 가져가라고 한다. 잊고 있다가도 한 번씩 그곳에 갈 때면 큰 가방부터 챙긴다.

지지대로 쓸 대나무가 필요해서 허락을 받고 톱 한 자루를 들고 대밭으로 갔다. 가서 보니 오죽이어서 놀란 적도 있다. 네 개의 작은 마을을 가진 도심 속 시골 동네는 아는 사람만 아는 곳이다. 깊어가는 가을, 마을 안 동네에 들어가면 절대 빈손으로 나올 수 없다.

웃는 개

지난해 겨울, 함께 천변을 걷던 친구가 발목을 다치는 바람에 혼자 걸어야 했다. 그때 근처에 개를 키우는 집이 있었는데, 그 집 개 한 마리가 내 산책길에 동행하기 시작했다. 처음엔 우연이겠지 했는데 아니었다. 개는 나를 기다리고 있었다. 그리고 두세 달 가까이 함께 반환점까지 갔다가 돌아오기를 반복했다. 또 나를 바라보면서 보폭을 맞추기도 했다. 가끔 개 물림 사고에 관한 기사를 접하기에 천변을 걷는 사람들 눈치가 보였다. 그만 따라오면 좋겠는데, 새를 쫓아 멀리 갔다가도 다시 내 옆으로 와 함께 걸었다. 잠시 해찰하다가 내게 올 땐 정말 말처럼 빠르게 달려오는데, 어찌나 용맹스럽게 보이던지 박수가 절로 나왔다. 박수를 치면 개는 웃고 있었다.

기어이 왜 줄을 묶지 않느냐는 말을 들었다. 우리 개가 아니라고는 말했지만, 차마 물지 않는다는 말은 못 했다. 내가 몇 년 지켜본 바로는 그 집 개들은 순하고 말도 잘 알아듣는 듯했다. 나와 동행하는 개가 그 마음을 읽은 건가, 아니면 내가 모르는 무슨 인연이라도 있는 걸까. 요즘에도 친구와 함께 걷고 있으면 어디선가 나타나 동행한다. 사람들이 목줄을 매지 않은 개가 나타나면 무서워하기도 해서 "집에 있어"라고 말하면 따라오기를 멈추고 바라보기만 한다. 그럴 땐 말귀를 잘 알아듣는 사람 같다. 여러 가지 생각을 했지만 명확한 건 모르겠고 어쨌든 사람 같은 개 한 마리가 용케도 친구의 빈자리를 채워주어서 매일 걷는 산책길이 외롭지 않았다.

발목을 다친 친구 대신
벌써 며칠째 흰 개 한 마리가 산책길에 따라붙는데
주인처럼 친구처럼 나란히 걷는다
출발점과 도착점이 같아진 새 인연은
뛰어다니다가도 내 옆으로 해찰하다가도 내 옆으로

(……)

중요한 건 사람을 물지 않는다

왜 목줄을 안 하냐는 듯 사람들이 흘깃흘깃 본다

새 인연이 부담스러워

내 개가 아니라고 도망치듯 뛰는데

달아날수록 멀어질수록

온 힘을 다해 뛰어오며

이빨을 드러내고 웃는 개

사월의 벚꽃나무와 함께 뛰어오는 개

― 「웃는 개」 부분

코로나 블루

인간들이 거대한 발전의 끝에서 얻어낸 결론은, 다시 원점으로 돌아가야 한다는 것이다. 큰 것보다는 작은 것, 높은 것보다는 낮은 것, 곧 소소한 데로 돌아가 인간성을 찾아야 한다는 목소리가 들리기 시작했을 무렵 우리에게 아무런 대비도 할 새 없이 갑자기 코로나19가 들이닥쳤다.

처음엔 한 달이면 끝나겠지, 또 봄이 오면 괜찮아지겠지, 백신이 개발되면 끝나겠지……. 그나마 다행인 것은 사람들은 위기 상황에서도 희망을 놓지 않았다는 것이다. 위기는 기회라고 외치기도 했고, 이런 위기 상황은 분명 시간이 지나면 호전될 것이라 믿었다.

학생들은 개학을 했어도 친구들을 만날 수 없었고, 거리두기와 비대면 방식으로 생활하다 보니 집 밖에서보다는 집 안에서 보내는 시간이 많아졌다. 여행을 할 수 없으니 예전의 여행 사진을 찾아보거나 다른 사람들이 올린 사진이나 영상을 보며 대리만족해야 했다.

코로나 시대에 우리는 무엇을 해야 하는가. 낯선 상황에 맞닥뜨리며 계속 질문하게 했다. 가족끼리 있어야 하는 시간이 더 많아지다 보니 집에서 음식을 만들어 먹고 영화를 보고 그림을 그리고 책을 읽고, 오히려 성찰할 수 있는 시간이 많아졌다. 나쁜 점 이면에는 반드시 좋은 점도 있다. 외출이 줄다 보니 옷이나 신발, 가방 등을 새로 살 필요가 없었다. 필요 이상의 모임이 많이 줄었다. 사람들 사이에서는 관계가 정리됐다고 말하기도 한다.

그러나 가장 염려되는 건 나이를 불문한 히키코모리 현상이다. 젊은이들은 친구들을 만날 일이 줄고 재택근무 시간이 길어지거나 취업이 쉽지 않다 보니 자꾸 안으로 숨게 되었다. 타인과 전화 통화가 어렵다는 청년들의 목소리가 들린다. 가족조차도 불편해지며 사람을 만나 상처받는 게 싫고 사회 활동에

적응하기 어려우니 혼자 있는 게 편한 것이다.

　햇볕은 밝음의 기운이다. 햇볕은 염증을 줄이고 생체리듬을
바로잡아 주어 무기력과 우울감을 낮춘다고 한다. 확진자와 같
은 식당에 있었다는 이유로, 또 가족의 확진 등으로 격리를 몇
번 해야 했다. 그때 마당은 이웃과의 접촉 없이도 땅을 밟고 운
동을 하고 햇볕도 쬐면서 숨통을 틔울 수 있는 공간이 되었다.

크기가 작아도 하늘이 보이고 자연의 질감을 느낄 수 있는 땅
이면 다 마당이다. 마당은 집 안에 있는 사람을 바깥으로 불러
내는 곳이며, 우울할 때 기대거나 붙잡고 일어서기에도 좋은
곳이다. 세상 밖으로 나가기 전 심호흡을 충분히 할 수 있는 완
충지대이다.

한 평이라도 좋아

마당이 있었으면 좋겠다는 생각은 아이가 중학생일 때부터 시작되었다. 아파트 단지엔 놀이터와 작은 화단을 빼고는 흙이 보이지 않았다. 중학생이라면 한창 성장기인데, 키 성장에 좋다는 줄넘기나 점프를 할 땅이 없어 항상 아쉬웠다. 무릎에 무리를 주지 않는 땅을 찾아 놀이터나 가까이 있는 학교 운동장을 찾아야만 했다. 그래서 그즈음엔 줄넘기를 할 땅이 한 평만 있으면 좋겠다는 생각을 끊임없이 했었다. 그리고 아이가 군대에 가 있을 때 집을 지었고 이제는 다 성장하여 집을 떠나 있다.

사람들은 어디에 살든지 대부분 마당을 좋아한다. 그러나 관리가 어렵다는 이유나 자녀의 학교와 학원 가까이 살아야 해서, 또는 경제적 형편이 되지 않아서 등 여러 가지 이유로 마당에 대한 로망이 로망으로 끝난다. 그러나 도시를 떠나지 않고도 열 평이 조금 넘는 자투리땅을 구해 집을 2~3층 올리는 경우도 보았다. 1층엔 아주 작은 마당과 주차장을, 2층엔 주방 겸 거실을, 3층엔 침실을 만들어 훌륭한 주택을 만들기도 한다. 번뜩이는 아이디어를 보며 무릎을 친다. 생각을 바꾸면 좁은 땅에도 집을 지을 수 있고 마당을 가질 수 있다.

마당이 있는 집과 마당이 없는 집은 큰 차이가 있다. 또 마당에 잔디를 까는 것과 흙으로 두는 것과 시멘트를 까는 것은 같은 마당이지만, 보기에도 다 다르고 쓰임새도 모두 다르다. 요즘에는 대부분 마당에 잔디를 깐다. 초록빛 마당을 누리기 위해선 잔디를 깎아줘야 하고 풀도 가끔 뽑아줘야 한다. 그러나 그 수고로움에 비해 잔디는 어떤 집과도 잘 어울리고 잔디 위에 벤치를 두어도 근사하고 평상을 두어도 예쁘다. 또 구석에서 꽃나무가 자라도 돋보인다.

그렇지만 옛날 초가나 기와집 마당은 흙이었다. 음과 양의 조화 등 풍수를 중요시했던 그때엔 마당에 잔디를 깔지 않았다. 마당이 흙이라면 대 빗자루로 매일 쓸어줘야 하고, 풀 한 포기 없어야 할 것만 같다. 그러나 아이들이 있는 집이라면 우리 어릴 적 했던 놀이를 맘껏 할 수 있겠다. 땅따먹기, 오징어살이, 줄넘기……. 또 의외로 마당에 시멘트나 블록을 깐 집도 적지 않다. 다른 것보다는 실용성을 따랐을 것 같다. 아마 농사일 등을 하는 데 쓰는 기계들이 쉽게 드나들도록 한 것일 테다. 그래도 한 평이라도 잔디를 깔았더라면 분위기가 더 좋았을 텐데, 또 초록색의 효과로 마음도 몸도 더 편안했을 텐데. 집 앞을 지나며 아쉽기만 하다.

넓지 않아도 좋다. 단 한 평만 있어도 알뜰하게 가꾼다면 마당의 기능을 다할 것이다. 또 한 평만이라도 초록 빛깔로 채워진다면 집도 사람도 생기가 더 돌 것이다.

풀잎의 마음

아무리 좋은 곳에 머물러도 마음이 그곳에 있지 않다면 좋은 곳에 가 있지 않은 상태이다. 잡념이 가득한 채 산책을 하면 몸은 거기 있지만, 마음은 다른 곳에 있어 온전히 산책하는 시간을 즐길 수 없다. 걸을 땐 다른 생각을 지우고 오로지 발바닥에만 집중한다. 발바닥에 닿는 흙과 잔디의 감촉을 느껴본다. 가끔 나만의 명상을 한다. 머리끝부터 발끝까지 손으로 두드리는데, 손끝으로 머리와 얼굴을 두드릴 땐 마음이 머리와 얼굴에 머무른다. 팔, 가슴, 다리, 발등, 발바닥을 손바닥으로 두드리며 차례로 마음을 둔다. 명상의 시작이다. 그렇게 하다 보면 머릿속이 텅 비워지고 온몸에 따뜻함이 퍼지며 기운이 좋아진다. 잡념이 많으면 기운이 위로 올라가 머리가 무겁다. 잡념을 지우고 현재에 머무른다. 그러면 머리

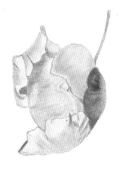

도 몸도 한결 가벼워진다.

　마당을 한 바퀴 돌 때도 이 순간에 집중한다. 몇 걸음 걸어 올
해 첫 꽃을 피운 장미꽃을 바라본다. 주황색 꽃에 사랑을 담은
눈길을 준다. 장미꽃과 나에게만 주어진 시간이다. 또 몇 걸음
걸어 로즈마리에게 다가간다. 아버지가 화분째 가져다주신 것
을 몇 년 전 창가 화단에 심었더니 그곳을 다 차지하고 번져간
다. 손으로 흔들어주니 상큼한 향기가 번진다. 보라색 꽃도 몇
송이 수줍게 피어 있다. 로즈마리와 교감하는 시간이다. 몇 발
짝 더 가니 화분에 사철나무 한 그루가 반짝거린다. 길녀 시인
이 살아 있을 때 밀양 사과밭에서 가져온 아이다. 농막에서 사
흘을 함께 밥도 해 먹고 책도 읽고 수다도 떨며 보냈던, 이별 같
은 건 생각지도 않았던, 다시 오지 않으니 지울 수 없는 영원한
시간이 사철나무를 볼 때마다 되살아난다. 발바닥은 잔디를 밟
고 또 디딤돌을 밟고 나서 작약 앞에 선다. 이사 와서 바로 사다
심었던 작약이 꽃을 피우면 한 송이가 내 주먹 두 개를 합친 크
기가 된다. 받침대를 해주지 않으면 바닥에 닿을 만큼 무거워
진다. 올해는 열다섯 송이가 피었구나. 연분홍 작약꽃은 나를

바라보고 나는 작약을 바라보니 세상엔 오직 둘만 있다.

마당을 한 바퀴 도는 나만의 순례 시간이다. 모과나무와 배롱나무를 천천히 바라보며 텃밭으로 간다. 한 그루 심은 배롱나무는 여기저기 씨가 떨어져 뽑아내지 않은 세 그루가 자라고 있다. 저 들깻잎은 4년 전쯤 한 번 모종을 심었던 것이 해마다 씨가 떨어지고 싹을 틔워 여기저기서 난다. 들깻잎은 샐러드에 넣기도 하고 전 부칠 때 넣기도 하고, 올해는 간장에 졸여서도 먹고 김치도 조금 담았다. 2년 전 두세 포기 심었던 방풍은 씨앗이 떨어져 다음 해에 몇백 포기는 난 것 같다. 덕분에 여러 사람에게 나눔을 하였다. 3년 된 뿌리는 말려서 끓여 먹으면 몸에 좋은 차가 된다 하니, 1년 더 기다리면 되겠다. 올해는 석류꽃도 많이 피었다. 감나무에 감도 많이 열렸고 대추꽃은 이제 피기 시작했다. 작년엔 대추 수확을 많이 해서 이웃과 나눠 먹었는데 다들 맛이 좋다고 했다. 말린 대추는 요긴하게 쓴다. 머위에 가려진 해바라기 싹도 햇볕을 잘 받도록 자리를 넓혀준다. 뒤 담장에 번진 담쟁이까지 눈을 다 맞추고 다시 앞마당으로 천천히 돌아 나온다. 시간이 날 때마다 앞마당과 뒷마당을 돌며 꽃과 나무에 눈을 맞추는데도 매번 새롭다. 마음이 헐렁하면 마당을 순례하는 시간도 잦다.

　어느 비 오는 날, 풀잎 뒤에 숨어 있던 나비 한 마리를 발견했다. 피식 웃음이 나왔다. 비를 피하고 있구나. 나비가 두 손으로 풀잎을 붙잡고 있었지만, 비가 멈출 때까지 편안히 있다 가라고 마치 풀잎이 나비를 꼬옥 안아주는 것만 같았다. 아마 그랬을지도 모르겠다.

　　하룻밤 묵어가려고
　　풀잎의 등을 꼭 붙잡고 있는
　　나비 한 마리

　　자세히 보니 그게 아니다

　　편히 쉬다 가게
　　나비를 꼬옥 보듬고 있는
　　풀잎

　　　　　　　　　　　　－「풀잎의 마음」 전문

미영이는 눈을 네 번 깜박였다

멀리 사는 동생 집에서 하룻밤 묵을 일이 생겼다. 동생은 어릴 적부터 고양이를 키우더니 가정을 꾸리고도 냥이와 함께 사는데, 그 녀석은 수줍음이 많다고 했다. 눈치만 보고 손님에게 잘 다가오지 않는 '미영'에게 계속 말을 걸었다. "안녕? 나 여기서 잘 거야." "잘 자." 어느 틈엔가 내 다리에 스윽 몸을 대며 지나간다. 내게 조금씩 관심을 갖는다.

다음 날 짐을 꾸리면서 "잘 지내"라고 했더니 식탁 위로 올라와 나와 눈을 똑바로 맞추고는 눈을 네 번 깜박였다. 집에 와서 고양이가 하는 행동에 대해 찾아보니 눈을 깜박이는 것은 매우 중요한 제스처로 자신이 완전히 굴복함을 표현하며 신뢰의 메시지를 보내는 것이라고 했다. "좋아요, 나는 당신을 믿어요. 사랑해요" 정도의 표현인 것이다. 하룻밤을 지내며 미영이가 나를 좋은 사람으로 인지하게 되었다는 생각이 들었다. 그 후로 미영이의 안부도 자주 묻게 되었고 궁금하니 사진도 보내달라고 한다. 냥이는 집사와 소통하며 관심받는 걸 좋아하는 동물이지만 길냥이로 떠돌아야 하는 아이들이 우리 동네에는 많다.

자주 마주치는 냥이들이 있었는데 날이 추워지면서 '뭔가 먹을 것을 줘야 하나' 생각하며, 멸치를 다듬거나 구운 생선이 남았을 때 데크에 놔뒀더니 사람이 없을 때 먹고 가는 것이었다. 꼬리 잘린 녀석, 슬픈 눈빛의 녀석, 씩씩하게 생긴 녀석, 그렇게 세 마리 정도가 와서 밥을 먹고 갔다. 조심스러움이 많아서 밥을 먹으러 왔다가도 나와 눈이 마주치면 삼십 분 이상 대치하다가 어디론가 사라지는 녀석도 있었다.

길냥이들이 우리 집에 드나든 지도 벌써 몇 달이 되었다. 어디 여행 갈 일이 생기면 밥 먹으러 왔다가 허탕 칠 일이 걱정이 되었다. 여행에서 돌아와 빨래를 널고 있는데, "야옹" 하고 부르는 소리가 들린다. "나 왔으니 밥 달라"는 말로 들렸다. 잊지 않고 와줘서 반가웠다. 마주치면 도망치듯 어딘가로 숨던 녀석이 이젠 밥 달라고 당당하게 표현하는 것이 좋아서 얼른 밥그릇을 채워준다.

　한발 늦게 온 고양이와 눈이 마주쳤다. 밥그릇을 채워준다. 배가 고팠는지 눈치를 보며 열심히 먹는다. 집 안으로 들어와 내다보니 두리번거리면서도 오래오래 먹고 있다. 식사를 다 마치고는 앞다리에 침을 발라 정성껏 세수도 한다. 대부분은 내가 없을 때 밥을 먹고 가니 이렇게 자세히 보는 건 처음이다. 어떤 사연이 있는지 다리를 절룩거린다. 집 없이, 집사 없이 살기가 얼마나 고단할까. 노숙하는 사람처럼 길냥이도 마찬가지다. 날이 추워지니 잠은 어디서 자는지 새끼들은 잘 있는지 걱정과 함께 궁금증이 커졌다.

생각대로 들리는 소리

집 안팎 일로 바쁘다가도 갑자기 '아, 혼자구나' 싶은 생각이 밀려올 때가 있다. 언젠가 그런 기분이 들 때였나 보다. 수컷 딱새들이 집에 자주 놀러 오는데 그날따라 "심심심심심심" 하고 운다. 내 기분을 알아서 그렇게 울었는지 "쩩쩩쩩쩩" 우는 소리를 내가 잘못 들었는지, 하여간 내 기분과 딱 들어맞게 울어주었다.

B 시인은 동네 닭이 자신의 이름을 부르며 운다고 우겼다. 그땐 웃어넘겼지만 정말 그렇게 우는지도 모르겠다. 아니, 그렇게 울었을 것이다.

같은 말을 듣고도 다르게 해석할 수 있다. 거기엔 듣는 사람의 자세도 포함되어 있다. 귀를 열고 있는 자세나 기분에 따라 둥글게 들리는 소리도 있고 뾰족하게 들리는 소리도 있다. 모양이 정해지지 않은 소리는 그렇게 듣는 사람의 마음가짐이나 감정에 따라 다른 형태로 온다.

　무엇을 바라고 마음을 먹고 생각을 하면, 생각을 한 쪽으로 생활이 기운다. 그쪽으로 더 자주 가고, 그쪽으로 더 정성을 쏟게 된다. 그러다 보면 어느덧 바라던 곳에 가까이 다가가 있음을 깨닫게 된다. 한계가 없는 마음과 생각, 생각은 얼마든지 펼치고 소유할 수 있는 무한한 공간이다. 그 위력으로 우리는 생각대로 듣고 생각대로 살게 된다.

　　텅 빈 동네
　　텅 빈 집
　　마당에서 빨래를 널고 있는데
　　딱새 한 마리 날아와서
　　심심 심심 심심
　　내가 심심하니 비로소
　　그의 말을 알아듣는다

-「알아듣다」전문

진짜 시골 출신 맞아?

초등학생 시절 시골에서 자란 남편에게 의문이 든다. 진짜 시골 출신 맞아?

남편은 '쑥' 정도만 자신 있게 알았고 나무나 풀, 꽃을 거의 몰랐다. 아파트에 살 땐 모르는지 아는지 몰랐는데, 주택으로 이사 오고 나서 다 들통이 나버렸다. 뽑아내야 할 것인지, 놔둬야 할 것인지 몰라서 실수할 때가 여러 번 있었으니 말이다.

이제 막 싹이 올라오는 부추를 뿌리째 뽑아서 버린 일, 백일홍꽃이 막 피고 지고 있는데 시들었다며 낫으로 베어서 버린 일 등이다. 또 잔디깎이 칼날은 새싹이나 꽃대를 무지막지하게 치고 지나갔다. 부추를 뽑아냈을 때는 다시 심으면 됐는데, 백일홍은 베어서 버렸으니 다시 심을 수도 없었다. 어떡할 거냐고 물었더니 급히 꽃집에 가서 키 작은 백일홍을 사다 꽃밭에 정성스럽게 심어놓아서 오히려 화를 부추겼던 기억이 있다.

오랜 시간을 거쳐 이젠 적어도 놔둬야 할 것과 뽑아내야 할 것 정도는 알고 있는 것 같지만, 지금도 뽑아야 하는지 아닌지 내게 확인하곤 한다.

이렇게 말하면 모든 것을 내가 혼자 잘할 것 같지만 그렇지도 않다. 잊을 만하면 마당과 텃밭에 할 일이 자잘하게 생기는데, 풀을 뽑고 잔디를 깎고 전지를 하고 낙엽이나 전지한 가지를 태우고 밭에 퇴비를 뿌리고 밭을 갈고 과실수에 약을 하고……. 이런 일들은 남편의 도움이 꼭 필요하다.

지금은 지난 과오를 다 덮고도 남을 만큼의 역할을 하고 있으니, 실수는 추억담으로 한 번씩 꺼내서 안줏거리로 삼을 뿐이다.

흙이 있는 주택에 살다 보면 장화를 신고 작업복을 입고 호미를 들고 있는 시간이 잦다. 그런 시간이 좋다가 싫다가 다시 좋아지며, 마당은 마침내 놀이터가 된다. 나의 놀이 공간에서 흙을 파고, 심고, 뽑고, 나무에 오르고, 나무를 자르고, 약을 치고, 잔디를 깎고, 지지대를 세워주고, 꽃을 바라보고, 향기를 맡고,

열매를 딴다. 아이들이 미끄럼을 타고, 그네를 타고, 정글짐을 오르내리며 놀 때처럼 그렇게 놀며 시간을 보낸다. 저축하듯 놀이가 쌓이면 마당과 나는 나이를 먹는다. 그러나 마당은 햇수가 늘어갈수록 더 창창해진다. 볕에 그을린 채 늙어가며 점점 젊어지는 놀이터에서 오래오래 놀 수 있기를 바랄 뿐이다.

　오늘도 땡볕에 나가 풀을 뽑으며 놀고 있는 남편에게 "새벽에 뽑으면 덥지 않아서 좋을 텐데" 말하니, "새벽엔 모기가 많아서 안 된다"고 한다. 나름의 논리까지 생겼다. 이젠 시골 사람 맞다.

길들여지면 누구나 헤어질 때 울게 된다는데

오래전 아파트에 살 때 강아지를 1년 쯤 키우다가 실내에서는 키우기가 어렵다는 생각에 마당이 있는 집에 보낸 일이 있다. 그때 초등학생이던 아들이 강아지 안부를 물으며 눈물을 보였고 오랫동안 정을 떼지 못하던 일을 생각해서 그 후로는 개를 키우지 않았다.

그리고 고양이를 키우겠다는 생각은 해본 적도 없었는데 우리 집에 오는 고양이 중 꼬리 짧은 고양이가 안쓰러워서 밥을 주다 보니, 밥때가 되면 찾아와서 밥을 먹고 한참을 놀다 갔다. 그러다가 몇 달 후에 몸에 살이

좀 붙었다고 생각했는데 동네에 새끼 고양이들이 보이기 시작했다. 경계심 강한 새끼들은 통통거리며 놀다가도 사람이 보이면 얼른 숨곤 했다. 알고 보니 어미는 꼬리 짧은 고양이였다. 새끼를 낳다니! 신통하다는 생각이 들었다.

먹이로 새끼들을 유인했더니 조심스레 마당에 발을 들여놓았다. 처음엔 다섯 마리였는데 네 마리만 보이더니, 또 세 마리만 어미와 함께 다녔다. 길냥이들은 여러 가지 위험에 노출되어 있어서 살아남는 새끼는 얼마 되지 않는다. 어미가 젖도 주고 새끼를 품고 낮잠을 자기도 하였고 새끼들은 저희끼리 장난을 치며 놀았다.

어느 날부터는 새끼가 두 마리만 보였다. 그중 한 마리는 유난히도 어미를 파고들었다. 어미는 품어줄 때도 있지만 밀어내며 앞발로 얼굴을 한 대씩 때리기도 했다. 그러던 어느 날 어미는 새끼들을 독립시키려는 건지 그 두 마리를 남기고 떠났다.

남겨진 노란색과 검은색 새끼 두 마리 중 유난히 호기심도 많고 통통거리던 노란색은 '용감이'로, 젖을 가장 늦게까지 먹고 몸집이 작은 검은색은 '소심이'로 이름 지었다. 용감이와 소심이는 우리 집 근처를 떠나지 않았다. 놀아도 이웃집 마당을 옮겨 다니며 놀았지 큰길에서 본 적은 없었다. 용감이는 항상 힘이 남아돌아서 소심이에게 장난을 걸었다. 소심이는 그런 용감이를 밀어내거나 피해 다녔다. 그런데 성격이 급한 용감이와는 달리 소심이는 끝까지 밥을 싹싹 핥아 먹더니 점점 살이 붙고 용감이의 장난을 받아주다 보니 다리도 튼튼해져 둘의 체구가 점점 비슷해졌다. 이제 소심이가 장난을 걸기도 하여 둘이 서로 쫓고 쫓기는 게 일상이었다. 그러다가도 볕을 쬐며 붙어서 낮잠을 자기도 했다. 이젠 정말 우리 집 고양이가 다 된 것 같았다. 둘의 귀여운 모습을 사진이나 동영상에 담으면서 둘은 이별하지 말고 계속 그렇게 의지하며 살기를 바랐다.

몇 달을 보기 좋게 살고 있었는데 어느 날 소심이가 보이지 않았다. 용감이는 소심이가 없어졌다고 하소연하듯이 울었다. 며칠을 기다려도 오지 않았다. 혼자 지내는 용감이가 안돼 보여서 가까이 다가가니 내 발에 몸을 슬쩍 대었다. 다음 날은 몸을 더 자주 스쳤다. 며칠을 그러더니 이젠 애착 반응을 보이기 시작했다. 나를 따라다니며 발랑 눕기도 하고 몸을 긁어주면 표정이 아주 흡족해 보였다.

　『어린 왕자』에서 여우가 말한 것처럼 길들인 것에 대해서는 언제나 책임을 져야만 한다. 또 길들여지면 누구나 헤어질 때 울게 될 것이다. 언제까지 용감이와 함께할지 모르겠지만 우린 서로 길들여지는 것 같다. 용감이가 살아 있는 동안 밥을 책임지는 건 당연하다. 다만 헤어질 때 울게 되지 않기를 바랄 뿐이다.

마당의 순환은 계속되지만,
그림은 잠시 멈추었다.
글을 묵히면 쓰지 않는 동안 발효되듯이
그림도 그러하길 바라며.